DISTRITO P.A.V.O.R.

DISTRITO P.A.V.O.R.

LA GARRA DEL HOMBRE LOBO

TOMMY DONBAVAND

EDELVIVES

Traducción: Víctor Manuel García de Isusi

Título original: *Claw of the werewolf*
Publicado por acuerdo con Walker Books Limited, London SE11 5HJ
© Tommy Donbavand, 2009
© Cartoon Saloon Ltd, 2009
© De esta edición: Editorial Luis Vives, 2012

ISBN: 978-84-263-8429-4
Depósito legal: Z-162-2012

Edelvives Talleres Gráficos. Certificado ISO 9001
Impreso en Zaragoza, España

Para Kirsty, que fue quien me abrió la puerta

Conoce a los vecinos...

Luke Watson

Cleo Farr

RH Negativo

Dixon

Sir Otto Sorna

Samuel Doctísimo

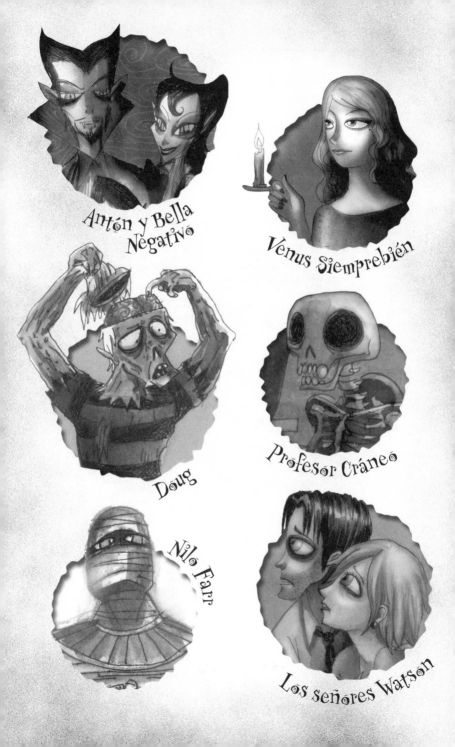

Antón y Bella Negativo

Venus Siemprebién

Doug

Profesor Cráneo

Nilo Farr

Los señores Watson

Quién vive ahí...

A Mansión Sorna

B Plaza central

C Emporio Siemprebién

D N.º 2: Los Tarquín

E N.º 5: Los Hombres
de la Mudanza

F N.º 11: Destellitos

G N.º 13: Luke Watson

H N.º 14: RH Negativo

I N.º 21: Venus Siemprebién

J N.º 22: Cleo Farr

K N.º 26: El Jinete Sin Cabeza

L N.º 27: Fémur Costillar

M N.º 28: Doug, Turf y Berry

N N.º 32: Espectro Loco

O N.º 39: Los Cráneo

Anteriormente en el Distrito P.A.V.O.R....

Luke Watson era un chico de lo más normal hasta que cumplió diez años y se transformó en hombre lobo. Cuando le sucedió por tercera vez, P.A.V.O.R., el Programa de Alojamiento y Vigilancia de Organismos Raros, obligó a Luke y a su familia a trasladarse al Distrito P.A.V.O.R., una comunidad de fantasmas, monstruos, zombis y otras criaturas.

Luke no tardó en habituarse al lugar y en hacerse amigo de Cleo Farr, una intrépida momia, y de RH Negativo, el hijo de sus vecinos vampiros. Sin embargo, enseguida se dio cuenta de que sus padres nunca superarían el miedo a sus aterradores vecinos. Con la ayuda de un libro antiguo, *Historias del Distrito P.A.V.O.R. contadas por Samuel Doctísimo*, emprendió la búsqueda de las seis reliquias legadas por los fundadores de la comunidad. La combinación de sus poderes le permitirá abrir un portal para salir del Distrito P.A.V.O.R. y llevar a sus padres a casa.

A Luke solo le falta una reliquia, pero para encontrarla va a tener que descubrir un secreto que su familia ha ocultado durante mucho tiempo...

Capítulo Uno
La bruja

«Al abrirse, el sarcófago dorado produjo un chirrido inquietante que resonó por el sepulcro desierto. Los jeroglíficos que tenía en la tapa brillaron a la luz de la única antorcha que había encendida. Se oyó un gemido gutural y, poco a poco, una figura envuelta en vendas de pies a cabeza salió de él a trompicones, con los brazos extendidos. La momia había despertado.

»Ambos chicos se mantuvieron absolutamente quietos mientras la momia avanzaba tambaleándose hacia el centro de la tumba. ¿Sería cierta la maldición? ¿Los perseguiría esta criatura imparable hasta el fin de sus días, tal y como decía la leyenda?

»De repente, ¡la momia los miró! De los vendajes que cubrían su carne putrefacta salían escarabajos negros. Mientras los chicos la observaban —asustadísimos—, gritó… ¡y de su boca brotó un enjambre de langostas hambrientas que se dirigió hacia ellos!

»En cuestión de segundos, estaban rodeados por los repugnantes insectos. Intentaron salir corriendo, pero la espesa nube de bichos que zumbaba a su alrededor les impedía ver nada. Sin saber qué hacer y aterrados, buscaron la salida a gatas…»

Cleo Farr cerró el libro de golpe y se quedó mirando el dibujo de la terrorífica momia que aparecía en la cubierta.

—¡Esto no es un libro para niños! —exclamó al tiempo que lo lanzaba sobre la cama—. ¡Las momias no se parecen a esto lo más mínimo!

RH Negativo, el joven vampiro, cogió el libro.

—*Los vendajes malditos*, por M.T. Tum[bas]
en alto antes de mostrarle el libro a Cle[o con una]
sonrisa—. Yo diría que algo te pareces...

La momia se puso en pie, indignada, y se alisó
las vendas que le cubrían el cuerpo.

—Primero —empezó a enumerar—: mis vendas están limpias y planchadas. Segundo: solo un
enfermo pensaría que hay escarabajos debajo de
ellas. Y tercero —Cleo abrió mucho la boca para
dar énfasis a sus palabras—: ¡en la vida he vomi-
tado un enjambre de langostas!

—Relájate —le provocó RH—. Solo es un libro
un pelín anticuado.

Cleo, roja de ira, miró a su amigo.

—¿Cómo te sentirías tú si el tal M.T. Tumbas
escribiera un libro sobre vampiros lleno de patrañas?

—Ya lo ha hecho —respondió RH mientras
le mostraba un libro con una portada amenaza-
dora—. Mira: *Los colmillos del destino*, el siguiente
título de la colección Cumbres del Terror —rio—.
Ningún vampiro se pondría una capa como esa. Y
fíjate en la forma de los colmillos. ¡Por favor...!
—Y se sacó sus propios dientes para compararlos.

—Eso no significa nada —contestó Cleo—. ¡Tus
colmillos son falsos!

RH pensó una respuesta hiriente. Aunque sus padres fueran vampiros de verdad, él era un chico normal; simplemente llevaba colmillos de pega, se teñía el pelo de negro y se maquillaba la cara de blanco para parecer uno más de la familia. Y aunque todos sus amigos aceptaban el engaño, seguía siendo un tema peliagudo.

Cleo le quitó el libro de las manos y lo examinó.

—¿En serio les gusta a los niños leer esto?

 14

La momia y el vampiro miraron a su amigo Luke Watson esperando una contestación, sin ningún éxito. Luke había encontrado el libro mientras empaquetaba las pertenencias de su familia. Ahora, observaba con tal atención un viejo álbum de fotos que no oía la conversación de sus amigos.

—¿Qué miras? —le preguntó Cleo.

—La boda de Michael Watson y Susan Docto —dijo RH, que se había agachado para leer las letras doradas de la portada del álbum—. ¡Son las fotos del día en que se casaron tus padres!

—Parecían tan felices —comentó Luke.

La familia de Luke se había visto obligada a mudarse al Distrito P.A.V.O.R. cuando comenzaron sus transformaciones en hombre lobo. Desde el principio, a sus padres les aterrorizaron los peculiares vecinos de su nuevo barrio. El chico no recordaba la última vez que los había visto sonreír.

RH y Cleo le estaban ayudando a encontrar las reliquias de los fundadores del Distrito P.A.V.O.R. Cuando las reuniera todas, podría usar sus poderes para regresar a su antiguo mundo.

—Pronto les verás felices —dijo Cleo, sonriente, y sacó un ataúd dorado de debajo de la cama del chico—. Solo nos queda por encontrar una reliquia.

Luke metió el álbum en una caja.

—Por eso intento acabar de empaquetar lo antes posible. No quiero perder tiempo recogiendo cuando el portal se haya abierto.

RH examinó las reliquias que habían encontrado hasta el momento: un frasco con sangre de bruja, la calavera de una esqueleto, el corazón de una momia, la lengua de un zombi y el colmillo de uno de sus propios ancestros: el conde Negatov.

—Resulta un botín impresionante —dijo el vampiro mientras cogía el colmillo y lo colocaba junto a la portada de *Los colmillos del destino*—. ¿Ves? ¡La forma es completamente distinta!

—¿De dónde has sacado eso? —dijo una voz.

El vampiro dejó el colmillo con cuidado en el ataúd y extrajo el libro plateado que había entre las reliquias: *Historias del Distrito P.A.V.O.R. contadas por Samuel Doctísimo*. La cara de Doctísimo, que asomaba en la cubierta, parecía enfadada.

—Lo conseguimos después de la sangre de la bruja… —contestó RH.

—No me refiero al colmillo, sino al libro. ¡Ese libro no debería estar aquí, en el Distrito P.A.V.O.R.!

Luke cogió el libro metálico de las manos de su amigo y se dirigió a Samuel Doctísimo.

—¿Qué tiene de malo Cumbres del Terror? Están bastante pasados de moda, pero les encantaban a todos los niños de mi colegio.

—¡Jamás deberían haber salido de tu mundo! —insistió Doctísimo.

—¿Cómo es que los conoce?

—Los conozco… —y suspiró—, porque el autor es… era amigo mío.

—¿Conocías a M.T. Tumbas? —preguntó Cleo sorprendida—. Pues si vuelves a verlo…

—Me temo que en mi situación actual me resultará difícil encontrarme con antiguos colegas, ¿verdad? —dijo Doctísimo con una sonrisa forzada en los labios. El autor se había tirado toda la vida investigando el Distrito P.A.V.O.R. y, justo antes de morir, había lanzado un hechizo para unir su espíritu a las páginas de su libro y así poder continuar con su trabajo.

Luke recopiló los libros de la serie Cumbres del Terror y los metió en otra caja.

—Bueno, dentro de poco me los llevaré de aquí para siempre.

—¿Para siempre? —protestó Cleo—. ¿No vas a volver jamás?

—Intento no pensar en ello —suspiró Luke.

17

—¿Sucederá eso, señor Doctísimo? —le preguntó Cleo al libro—. Una vez que se haya marchado del Distrito P.A.V.O.R., ¿no podrá regresar nunca?

—Me temo que así es —respondió la cara plateada—. El portal que les conducirá a su mundo solamente permanecerá abierto hasta que se cumpla su deseo. Una vez lo hayan atravesado él y su familia… se cerrará para siempre.

Cleo miró a Luke y los ojos empezaron a llenársele de lágrimas.

—Te echaré de menos.

—¡Pero ¿qué te pasa?! —gruñó RH—. Ambos le echaremos de menos, llorona… ¡pero tampoco hay que montar un drama! —A continuación, sacó un pañuelo de entre los pliegues de la capa y se lo tendió. Al hacerlo, se le cayó algo al suelo: era un pequeño collar de perro—. ¡Se me había olvidado que lo conservaba! —soltó mientras Luke se agachaba a recogerlo.

El chico lobo observó el colgante plateado. Estaba cubierto de sangre seca y un borrón hecho con rotulador impedía leer la primera letra del nombre (pero él sabía que ponía «Fluffy»).

—Era el collar que llevaba el chihuahua.

—¿El chihuahua?

—El perro que me mordió… bueno, al hombre lobo que atacó al abusón de mi colegio.

El chico se estremeció al recordar la escena en la que el perrito le había mordido el tobillo justo cuando estaba a punto de saltar sobre el abusón. Se había lanzado a perseguir al chihuahua y el otro niño había escapado; aterrado, pero ileso.

—Parece que hay sangre en el collar —dijo la momia—. ¿No…?

Luke negó con la cabeza.

—Mordí al perro en la oreja, pero consiguió escapar. Si no me hubiera detenido a tiempo…

—¡Pero lo hizo! —señaló RH a toda prisa—. El abusón huyó. Lo malo fue que acabaste aquí… ¡Pero no podrás decir que te has aburrido!

—Ha tenido sus momentillos buenos —admitió antes de esgrimir una sonrisa.

Samuel Doctísimo tosió educadamente.

—Habláis de la marcha de Luke como si estuviera a punto de suceder, pero he de recordaros que aún os falta encontrar una de las reliquias.

—Tiene usted razón —respondió el chico y apartó las cajas a un lado—. Ya vale de empaquetar. ¡Comencemos la búsqueda!

19

El trío se reunió alrededor de *Historias del Distrito P.A.V.O.R. contadas por Samuel Doctísimo* y las páginas del libro, manuscritas, empezaron a pasarse solas hasta que se detuvieron en una obra de teatro: *La fea durmiente*. Ante sus ojos, las líneas de diálogo y las indicaciones para los actores empezaron a desvanecerse, dando paso a la pista necesaria para encontrar la última reliquia.

De pronto, tras de sí, se produjo un fogonazo anaranjado. Se dieron la vuelta y vieron, encima de una de las cajas de libros de Luke, una bruja con ropajes arrugados de color rojo y amarillo que llevaba un saco enorme. La mujer se dio cuenta de que tenía el pelo en llamas y lo apagó tranquilamente manoteándose la cabeza antes de mirar a los tres amigos.

—Tress Wunder —anunció—. ¿Dónde queréis que deje el pedido de plumas?

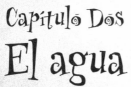

Capítulo Dos
El agua

Luke, RH y Cleo se quedaron mirando a la bruja anonadados y en silencio.

—Estoy en el Emporio Siemprebién, ¿verdad? —preguntó la mujer, que bajó de la caja con el pelo aún ligeramente prendido.

—Oh, no —respondió Cleo, que había conseguido sobreponerse—. Me temo que está usted unas calles más abajo.

—¿Fabrica usted cosas para Siemprebién? —le preguntó el vampiro.

—Así es —dijo ella mientras sacaba del saco una caja plateada y pequeña con una pluma tallada en la tapa.

—¡Qué preciosidad! —exclamó la momia—. ¿Para qué es?

La bruja parecía confusa. Miraba la caja como si nunca la hubiera tenido en sus manos.

—Esto… ¿Sabes? Ni idea.

—Pues es muy bonita —insistió Cleo—. Venus nos dijo que iba a traer material nuevo.

—¿En serio? —preguntó Luke.

—Sí —contestó—. Ayer, cuando fuimos a por cajas para que empaquetaras tus cosas.

Luke sacudió la cabeza, extrañado.

—Pues no lo recuerdo en absoluto.

—Ni yo —añadió RH.

—¡Venga, chicos! —refunfuñó Cleo.

—A ver, es normal —soltó Tress—. Al ser chicos, se quedarían atontados con el hechizo de embelesamiento de la señora Siemprebién.

Cleo se encogió de hombros, como dando la razón a la mujer. Las brujas tenían la habilidad de resultar increíblemente guapas, y tampoco sería la primera vez que Luke y RH caían en las redes del hechizo de Venus.

Tress agitó, sin gracia ninguna, su pelo grasiento y se pasó muy lentamente un dedo por la cara, picada por completo de viruela.

—Los hombres también se dan la vuelta a mi paso —dijo.

RH la miró fijamente y soltó:

—¡Ya, pero probablemente lo hagan para no vomitar! —Cleo le pegó una patada en la espinilla y el vampiro empezó a aullar.

—¿Qué has querido decir? —inquirió la bruja, que fue a mirarse rápidamente en un espejo. Lo que vio la dejó perpleja.

—¡Ay! —gritó—. ¡Mi hechizo ha debido de desvanecerse durante el viaje! —chasqueó los dedos y a su alrededor apareció un nuevo destello anaranjado.

Cuando desapareció el resplandor, la bruja se había convertido en una mujer bellísima. El pelo, rojizo,

le caía sobre los hombros en mechones espesos y ondulados; su piel, pálida, ahora lucía tersa como la porcelana; y sus turgentes labios tenían un color carmesí brillante. RH y Luke la miraron extasiados, incapaces de cerrar la boca.

—Bueno —dijo la bruja con voz dulce al tiempo que se apartaba un mechón de pelo de la cara con una uña larga pintada de rojo—, ¿quién se ofrece a prestarme su ayuda e indicarme cómo llegar al Emporio Siemprebién?

Los dos chicos, que se habían olvidado por completo de la reliquia, balbucieron algo ininteligible y se lanzaron a todo correr hacia la puerta. El vampiro se tropezó con la capa y cayó al suelo. De camino, agarró a Luke y lo arrastró con él.

Cleo puso los ojos en blanco y pasó por encima de los chicos para salir al pasillo.

—Yo misma.

Cleo acompañó a Tress Wunder hasta la plaza del Distrito P.A.V.O.R. Detrás de ellas, a trancas y barrancas, iban Luke y RH, tirando del pesado saco lleno de cajas plateadas.

A la bruja le sorprendió que muchas de las casas tuvieran las ventanas rotas, las puertas destrozadas y

las vallas prácticamente inservibles. Los vecinos las reparaban a duras penas, empleando los pocos materiales con que contaban.

—¿Qué ha sucedido?

—Vino a visitarnos un demonio —contestó Cleo—. Destruyó un par de casas hasta los cimientos. Los demás tuvimos la suerte de que solo nos rompiera las ventanas.

—Pero tendréis Hombres de la Mudanza… ¿No os las arreglan ellos?

Luke sintió que un escalofrío le recorría la espalda cuando oyó que la mujer mencionaba a los hombres sin cara que les habían obligado a venir al Distrito P.A.V.O.R. tras el incidente con el abusón del colegio.

—Nuestro casero asegura que nos ayudarán cuando acaben las reparaciones de la suya —le explicó el chico.

El grupo llegó a la plaza. Había una decena de Hombres de la Mudanza trabajando en la Mansión Sorna, el viejo hogar del casero del Distrito P.A.V.O.R.: Sir Otto Sorna. El enfervorizado demonio había destruido varias secciones de las paredes y los Hombres las estaban reconstruyendo a toda velocidad.

 25

—¿Tiene a los Hombres de la Mudanza trabajando en su propia vivienda? —preguntó Tress disgustada—. ¡Menudo sapo egoísta! ¡Primero debería reparar las de sus inquilinos!

—Sir Otto no tiene esa política… —comenzó a aclararle RH.

—¡Pues se la voy a inculcar! —dijo la bruja, que volvió a chasquear los dedos. Otto Sorna apareció justo a su lado con un puro en la boca.

—¡Pero ¿qué…?! —gruñó—. ¿Quién de vosotros, monstruitos, me ha traído hasta aquí?

—He sido yo —dijo Tress con firmeza—. Quiero que dejes de reparar tu casa y que pidas a los Hombres de la Mudanza que arreglen las de los demás vecinos. ¡Ya!

Sir Otto miró muy de cerca a la bruja.

—¿Y si yo no quiero?

—¡Pues me enfadaré muchísimo!

—¡Lárgate, monstruito! —ladró Sir Otto después de lanzarle una bocanada de humo a la cara y reírse estentóreamente—. Soy inmune a tu patético hechizo de embelesamiento.

Sin pensárselo dos veces, Tress agitó con una rapidez meteórica su mano y le arreó una tremenda bofetada. Luke, RH y Cleo evidenciaron instintivamente un gesto de dolor en sus caras, al tiempo que el puro del casero salía disparado por los aires.

—¡Te vas a arrepentir! —gruñó Sir Otto con los ojos llenos de ira. Sacó otro puro del bolsillo de su chaqueta, se lo puso en la boca y salió corriendo.

—¡Vaya! —exclamó la bruja mientras observaba cómo se alejaba—. ¡Nunca en la vida me había topado con un hombre tan maleducado e insolente!

—Debería usted venir más a menudo —dijo Luke—. También se le da muy bien ser detestable y mezquino.

—Y *esto* es asqueroso —añadió la bruja mientras recogía el puro del suelo.

—Forma parte de su encanto —soltó RH—. ¿Sabe?, fue Sir Otto quien dejó suelto al demonio por el distrito.

—¿Cómo? Un comportamiento así es intolerable —insistió Tress—. ¡Voy a hablar de esto con la señora Siemprebién! —Dio media vuelta y se encaminó al Emporio.

—¿A alguien más le parece que esto no va a acabar bien? —consultó Cleo a los presentes—. Será mejor que la sigamos.

El murciélago que había sobre la puerta del Emporio Siemprebién empezó a chillar en cuanto Luke, RH y Cleo entraron en tropel en la tienda. Justo en ese instante, Venus dejaba caer en un caldero burbujeante la colilla del puro que le había dado Tress, que se reía por lo bajo.

Los tres amigos se acercaron a las brujas.

—Disculpad que os molestemos, bellas damas, pero ¿podríais decirnos qué estáis haciendo? —preguntó RH con mucha precaución.

Venus Siemprebién, que llevaba un vestido ajustado de color morado y estaba más fascinante que nunca, le sonrió y añadió al caldero un

poco de agua de un cubo cercano. El puro del casero se hundió muy despacio en el líquido resplandeciente.

—Tress me ha explicado cómo le ha hablado Sir Otto… ¡y nos estamos cerciorando de que no vuelva a hacerlo nunca más!

Cleo se puso pálida.

—¿No iréis a…?

—Claro que no —dijo Tress entre risas—. ¡Somos brujas, no asesinas! —Sacó de un bote de cristal un puñado de gusanos que se retorcían sin parar y lo echó en el caldero, que los recibió con una gran burbuja y un siseo.

—Entonces, ¿qué vais a hacer? —preguntó el chico lobo.

—Bueno… —intervino Venus mientras removía la mezcla—, digamos que el puro de Sir Otto se va a convertir en algo un tanto más desagradable.

—¿Queréis verlo? —les preguntó la otra bruja con picardía chasqueando los dedos. Sir Otto apareció en la tienda envuelto en otro destello anaranjado. De su boca colgaba, meneándose, una sanguijuela negra y enorme.

El casero soltó un alarido y escupió la criatura. Luego se llevó con desesperación las manos a la boca

para limpiarse la baba del bicho. Al oír las risotadas, miró en torno a él y se dio cuenta de dónde estaba.

—¡Tú! —gritó nada más ver a Tress—. ¡Te voy a enseñar una lección que no olvidarás jamás! —Cogió un cubo lleno de agua del mostrador y se lo lanzó.

Tress Wunder pegó un grito.

Capítulo Tres
El constipado

—¡Pero ¿qué has hecho?! —barboteó Tress, empapada de pies a cabeza.

En la cara de Sir Otto se dibujó una enorme sonrisa.

—¡Estoy al tanto de la sabiduría popular! —se jactó—. ¡Las brujas sois alérgicas al agua! ¡Estoy deseando que empieces a fundirte!

—¿Fundirse? —demandó Venus—. ¡Menuda tontería! Si fuéramos alérgicas al agua nos derretiríamos cada mañana en la ducha.

El casero estaba desconcertado.

—Entonces, ¿por qué gritas?

—¡Porque llevo dos semanas intentando evitar un constipado! —dijo mientras escurría el agua del vestido empapado—. Ahora voy a tener que estar bebiendo limón caliente hasta que… hasta que… ¡Atchús!

El estornudo de Tress resonó en toda la tienda y el murciélago que había sobre la puerta de entrada quedó envuelto en un resplandor anaranjado. Cuando se desvaneció el destello… ¡se había convertido en una cabra! El animal, subido a la percha como podía, baló aterrado.

—¿Cómo has hecho eso? —preguntó Cleo.

Antes de que alguien pudiera responder, Tress volvió a estornudar: «¡Atchús!», y esta vez fue el caldero lo que resplandeció brevemente antes de convertirse en la maqueta de un barco de vela.

La bruja estornudaba una y otra vez y los objetos de la tienda se iban transformando. «¡Atchús!», y la caja registradora quedó convertida en una oveja de dos cabezas. «¡Atchús!», y el reloj de Luke pasó

a ser una refulgente mariposa. En cuanto al bote de gusanos que había sobre el mostrador… «¡Atchús!», y apareció una bola de bolos.

—¿Qué está sucediendo? —preguntó el chico lobo al tiempo que cogía al vuelo a la cabra, que acababa de precipitarse al vacío desde la percha. Aposentó en el suelo al animal, que al verse en tierra, corrió a una esquina y allí se parapetó temblando de pies a cabeza.

—¡Esta es la razón por la que las brujas detestamos el agua fría! —gritó Venus para que la oyeran por encima de los estornudos—. ¡Nuestros constipados tienen consecuencias desastrosas!

—¿Puedes restituir todas estas cosas a su estado natural? —preguntó RH mientras saltaba a un lado para evitar a la cabra, que corría despavorida huyendo de un sapo gigante, resultado de un estornudo de idénticas proporciones.

—¡Atchús!

—Puedo —afirmó Venus Siemprebién—. Pero, ahora, lo importante es que Tress se acueste para que se mejore y deje de estornudar magia. —Cogió su capa del perchero con la intención de abrigar a su amiga… Pero otro estornudo la convirtió ¡en una jirafa bebé!

—¡Los monstruitos sois lo peor! —rugió Sir Otto antes de abrir de par en par la puerta del Emporio y marcharse—. ¡Me largo a algún sitio donde la gente esté en sus cabales!

—¿Se va a curar? —preguntó Cleo a Venus mientras la puerta se cerraba tras el casero.

—Voy a prepararle una poción para que se mejore. Aunque necesitará algún tiempo. La buena noticia es que los estornudos solamente afectarán al Emporio, porque es el único lugar en el que ha estado hoy.

—Y en la casa de Luke… —añadió RH.

—¡Atchús!

—¿¿¿Ha estado en casa de Luke??? ¡Oh, no!

—No me gusta nada cómo ha sonado ese «¡Oh, no!» —aclaró Luke.

—Si Tress ha visitado tu casa, cabe la posibilidad de que haya dejado residuos mágicos allí —explicó.

—¿Residuos mágicos? —repitió Cleo.

—Son como las huellas dactilares de las brujas —continuó Venus—. Nos siguen allá donde vamos.

—¿Y dónde está el problema? —preguntó RH.

—En que cuando una bruja se constipa, sus estornudos pueden afectar a cualquier cosa en la que haya quedado su residuo mágico durante todo ese día, incluida…

—¡Atchús!

—¡Mi habitación! —gruñó Luke—. ¿Por qué siempre ocurren las cosas en mi casa? —Suspiró apesadumbrado y salió a toda velocidad de la tienda, camino de su casa. Sus dos amigos lo siguieron.

La cabra, sin parar de balar, hizo ademán de perseguirles, pero otro estornudo («¡Atchús!») la obligó a quedarse clavada en el suelo, bajo la forma de un repollo gigante.

El trío cruzó la puerta del número 13 justo en el momento en el que otro «¡Atchús!» hacía que resplandeciese y la convertía en una corona de flores. En el interior, los elementos se transformaban a toda velocidad. «¡Atchús!», ahora un cuadro al óleo era una lechuza batiendo las alas contra la pared en busca de una ventana por la que escapar.

—El constipado de Tress debe de estar empeorando —afirmó RH cuando un «¡Atchús!» volvió un florero de la mesa del pasillo en una gelatina de limón que, «¡plof!», cayó y se desparramó por el suelo.

—¿Cómo es posible que sigamos oyendo los estornudos desde aquí? —preguntó Cleo.

—Estarán asociados a su magia —supuso el vampiro encogiéndose de hombros.

—¡Mamá! ¡Papá! ¿Dónde estáis? —gritó Luke.

—¡Atchús!

Encima de su cabeza se vio un resplandor anaranjado. Cleo tiró de Luke justo a tiempo para evitar que el yunque en que se había convertido la araña del techo se precipitase sobre él.

—¡Estamos aquí!

Luke fue hacia el salón siguiendo la voz de su padre. Al entrar, lo cegó un nuevo… «¡Atchús!»… con su resplandor anaranjado, que envolvió el sofá en el que permanecían acurrucados sus padres. Al segundo, ambos se encontraban sentados sobre un potro de gimnasio. La mesita auxiliar de al lado… «¡Atchús!»… ahora era una botella de champán.

—¿Estáis bien?

—Sí, sí —respondió su padre, que bajó a su esposa del potro antes de darle una patada y mandarlo a la otra punta de la habitación. «¡Atchús!». El potro quedó convertido en un jabalí—. Acabamos de regresar de ayudar a los zombis con sus cañerías.

—¿Cómo? ¿Habéis estado en casa de los zombis? —preguntó Luke alucinado.

«¡Atchús!». Y de champán, a rata gigante.

—¿De qué te sorprendes? —replicó su madre—. Tu padre siempre ha sido muy manitas. —La rata

empezó a trepar por su pierna, la cogió por la cola y la tiró por la ventana—. ¡Qué criatura tan horrible!

Luke no encontraba palabras para semejante situación. ¿Eran estos sus verdaderos padres... los mismos a quienes, semanas atrás, les aterraba todo lo que tuviera que ver con el Distrito P.A.V.O.R.?

—RH —pidió finalmente—, lleva a mis padres a tu casa.

—¿Por qué? —preguntó el señor Watson—. ¿Sus cañerías también están averiadas?

—No, es que...

De pronto, «¡Atchús!», el papel de la pared se transformó en un millar de cucarachas que huían despavoridas, haciendo que las paredes parecieran ondularse.

El vampiro dio un grito de pánico. Luke sacudió la cabeza. ¡Todo iba de mal en peor!

—¡Mamá, papá, llevaos a RH a casa! Ya os lo explicaré más tarde, esto solo está sucediendo aquí, en casa. Cleo os acompañará.

—¿Y tú? —preguntó su padre justo cuando otro «¡Atchús!» hizo que la butaca adoptase la forma de una oveja nerviosa.

—He de comprobar una cosa en el piso de arriba. Después iré con vosotros.

Sus padres levantaron el pulgar en señal de aprobación y sacaron de allí a RH. Luke y Cleo estaban a punto de salir detrás de ellos justo cuando el jabalí (sin parar de berrear) vio a la oveja y se lanzó dispuesto a embestirla. El borrego se echó a un lado y el verraco fue a estrellarse contra una estantería llena de libros. La estantería se volcó estrepitosamente y todos sus libros salieron volando.

—¡Cuidado! —les advirtió Luke al tiempo que saltaba por encima de los volúmenes y se dirigía

escaleras arriba a rescatar *Historias del Distrito P.A.V.O.R. contadas por Samuel Doctísimo* y el ataúd con las reliquias. Miró a su alrededor; ¿dónde se había metido Cleo? La momia yacía atrapada bajo la estantería.

—No puedo… moverme… —refunfuñó—. Creo que… me he roto… el brazo.

Luke se agachó y empujó la librería con todas sus fuerzas para liberar a su amiga. El mueble se movió un poco, pero una descarga de dolor recorrió el brazo de la momia, que lanzó un fuerte chillido.

—Tienes que… levantarla —masculló—. No empujarla…

—¡Eso quisiera! ¡Pero pesa demasiado!

—Por favor… —imploró Cleo mientras se le escapaban las lágrimas del dolor.

Luke miró furioso la estantería y una oleada de oscuridad recorrió su cuerpo. La ira, que lo convertía en hombre lobo, comenzaba a invadirlo. Desde que llegó al Distrito P.A.V.O.R. había ido aprendiendo cómo controlar la transformación de partes concretas de su cuerpo. Y en esta ocasión necesitaba ese poder más que nunca.

Hizo que la rabia se concentrase por completo en sus brazos y vio cómo sus músculos se desarrollaban

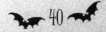

vertiginosamente y tensaban su camisa; los huesos de los dedos se alargaron hasta hacer de sus manos garras, y por todo el cuerpo le salió pelo duro de color marrón.

El chico cogió la estantería nuevamente y la levantó unos centímetros del suelo. El esfuerzo hacía que todo su cuerpo temblara, pero consiguió subirla lo suficiente como para que Cleo pudiera salir reptando.

Luke dejó caer la estantería y la momia se puso en pie tambaleándose. El brazo le colgaba.

—Menudo peso me has quitado de encima —le agradeció en broma antes de desmayarse.

Capítulo Cuatro
El cuerpo

Cleo se sorprendió al despertarse en el sarcófago de su habitación.

—¿Qué ha sucedido? —preguntó mientras intentaba incorporarse. El dolor del brazo hizo que recordase todo y volvió a tumbarse.

—Tienes el brazo con una doble fractura —respondió Luke, que estaba junto a ella—. Tu padre

te ha puesto una escayola con un ungüento que ha hecho él mismo con lotos.

Cleo comenzó a examinarla.

—¿Y qué ha pasado con el jabalí?

—Está readaptándose a ser de nuevo un sofá —le contestó RH mientras entraba en la habitación.

—¿Hemos recuperado la normalidad? —preguntó Luke.

—Venus está en tu casa, recomponiéndolo todo. Parece que a Tress se le está pasando el constipado. Mientras yo andaba por allí, solo ha convertido un fogón en un tejón confundido.

—¿Y el profesor Doctísimo?

—Él no se parece en nada a un tejón confundido —bromeó RH.

—¡Serás bobo! —exclamó Luke mientras le daba un puñetazo en el brazo—. ¡Me refería a si has cogido el libro!

—Aquí lo tienes. —Y sacó de entre los pliegues de la capa el libro *Historias del Distrito P.A.V.O.R. contadas por Samuel Doctísimo*—. Te alegrará saber que las reliquias siguen en el ataúd; ninguna de ellas ha adoptado una nueva identidad.

—Genial. Al fin podré sacar a mi madre y a mi padre de aquí.

—Y tú te irás con ellos —le recordó Cleo al chico mientras este tomaba el libro de manos de RH—. ¿De verdad es lo que quieres?

Luke se puso rojo. Buscaba la verdadera respuesta en su interior.

—Yo… es que yo… ¡Lo que quiero es que mi madre y mi padre recuperen su vida! —consiguió exteriorizar. Sus dos amigos se miraron.

—Si deseas quedarte, deberías decirlo —le aconsejó Cleo con delicadeza.

—¿Quién ha dicho eso? Quiero que las cosas vuelvan a ser como antes… Mi antigua casa… Mi antiguo colegio… ¡Y mis antiguos padres! —Y empezó a buscar la obra de teatro en *Historias del Distrito P.A.V.O.R. contadas por Samuel Doctísimo*—. Por favor, Samuel, denos la última pista.

—Luke, me parece… —inició el vampiro.

—Profesor Doctísimo, por favor, la última pista… —repitió Luke levantando la voz.

El autor suspiró e hizo que se desvaneciera la escena de la obra de teatro en la que el príncipe Desafortunado le ponía una bolsa de papel en la cabeza a la Fea Durmiente para darle el beso. Bajo aquellas palabras se encontraba la pista que les llevaría a la última reliquia de los fundadores.

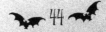

Escucha bien esta tonada
Lo que buscas está en la principal morada
Lo que te espera no es para bobos
Tráeme la garra de un hombre lobo.

Luke tomó aire.

—«La garra de un hombre lobo» —susurró—.
¡Así que aquí han vivido otros hombres lobo!

—Pues debió de ser hace muchísimo —le aclaró RH—, porque cuando llegasteis, mis padres no
recordaban haber conocido un vecino como tú.

—Pero ¿dónde está escondida la reliquia? —preguntó la momia—. No he entendido la pista. «Lo
que buscas está en la principal morada». ¿Qué quiere
decir eso?

—Ni idea —admitió Luke mientras cerraba el
libro—. Quizá tengamos que ir a la casa más grande… o a la mejor decorada…

—¡Qué va! —cortó RH—. ¿Cómo iban a saber
los fundadores qué aspecto tendrían las casas cuando
alguien descubriera esta pista?

—Profesor Doctísimo, ¿sabe usted qué significa?
—sondeó Cleo al libro plateado. Pero el rostro permaneció con los ojos cerrados y en silencio.

—¿Señor Doctísimo? —le reclamó Luke. Pero el libro seguía inmóvil.

—¿He dicho algo malo? —consultó la momia. Luke negó con la cabeza.

—Empiezo a entender cómo funciona. El profesor solamente nos ayuda hasta este punto; del resto tenemos que encargarnos nosotros.

—Pues, hasta ahora, se nos ha dado bastante bien —aclaró Cleo con una sonrisa.

—Cierto —respondió el chico, que se puso en pie y se metió el libro en el bolsillo trasero de los vaqueros—. Pero aquí sentados no vamos a descubrir nada. ¡Vámonos, RH!

Cleo salió del sarcófago de un salto.

—¿Cómo que «Vámonos, RH»? ¿Y qué pasa conmigo?

—¡Tú tienes el brazo roto!

—¿Acaso eso me impide caminar?

—Pero debes descansar —respondió el chico.

La momia le miró fijamente durante unos segundos; los ojos le echaban chispas.

—Luke Watson —articuló lentamente—, yo misma te he ayudado a encontrar cinco de las seis reliquias de los fundadores. Si intentas dejarme al margen en la búsqueda de la última, ¡te demostraré

46

en tus propias carnes lo dura que es la escayola hecha con flores de loto!

Luke no pudo evitar sonreír.

—Jamás se me ocurriría irme sin ti —rectificó mientras levantaba los brazos para protegerse de un posible golpe—. ¡Tú primero!

Cleo le sacó la lengua y se encaminó la primera por las escaleras. Cuando llegaron abajo, se asomó a la puerta de la cocina.

—Papá, voy a salir con Luke y con RH.

Nilo Farr, una momia egipcia muy alta, salió al pasillo con un trapo de cocina en las manos.

—Pero tu brazo…

—Mi brazo está estupendamente. Además, si fuera necesario, tengo a este par de atontados para defenderme.

Nilo Farr hizo una reverencia solemne a los dos chicos.

—Vuestra amistad para con mi hija me honra.

—… ¡Papá, por favor! —Cleo se sonrojó de pies a cabeza.

—Déjame terminar. La razón principal para abandonar nuestra pirámide, hace muchas lunas, fue que Cleo tuviera amigos como vosotros.

—Papá, en serio…

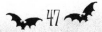

—¿Cómo ha dicho? —le interrumpió RH—. ¿La razón principal?

El padre de Cleo asintió con solemnidad.

—La primera y la más importante. De habernos quedado allí, ahora siempre estaría sola.

—Vamos —sugirió Cleo mientras tiraba de ambos chicos hacia la puerta de entrada—. Como le dejéis, no callará en todo el día. ¡Adiós, papá!

—La razón principal de tus padres… —rumió Luke mientras los tres amigos salían a la calle—. La primera y la más importante para abandonar Egipto…

—Vamos, que «principal» y «primera» son sinónimos —concluyó RH.

—Así que si buscamos la casa principal… —continuó Cleo, que acababa de darse cuenta—, ¡tenemos que ir a la primera!

—La última reliquia debe de estar escondida en el número 1 del Distrito P.A.V.O.R. —afirmó Luke con una sonrisa.

El interior del número 1 del Distrito P.A.V.O.R. permanecía a oscuras y cubierto de polvo. Luke descorrió las cortinas del salón para que entrara algo de luz. Los chicos habían llamado a la puerta, y al no

obtener respuesta decidieron entrar a investigar. Aunque la puerta estaba cerrada con llave, RH la había abierto fácilmente con una de sus uñas falsas de vampiro.

—Vete a saber quién vive aquí, pero la limpieza no es lo suyo —observó Cleo mientras avanzaba entre los libros y las cartas que cubrían todo el suelo. Cualquier superficie, desde el sofá a las repisas, se ocultaba bajo algún tipo de texto.

—Dudo de que aquí viva alguien —apostilló RH mientras recogía del suelo una copia de *Tiempos terroríficos* y soplaba para quitarle el polvo.

—Tal vez nos hayamos equivocado —resolvió la momia, desconcertada—. Ningún hombre lobo…

—¡Chist! —los interrumpió Luke mientras señalaba el estudio—. ¡Allí hay alguien!

RH y Cleo miraron hacia el lugar que les indicaba su amigo y vieron, frente a una mesa de despacho, una silueta sentada de espaldas a ellos en una antiquísima silla giratoria.

El vampiro se aclaró la garganta.

—Disculpe… —la figura permaneció en silencio y RH indicó a sus amigos que le siguiesen. Al acercarse, vieron la mesa cubierta de papeles

 49

manuscritos y plumas de escribir antiguas. Junto a ellos también descansaba un bote de tinta con una pluma dentro.

—Sentimos mucho haber irrumpido así —empezó a decir Cleo educadamente—. Llamamos, pero…

—La figura se mantenía inmóvil y en silencio—. ¿Por qué no dice nada? —preguntó la momia a sus amigos.

—Me temo que le va a ser imposible —respondió Luke—. Yo diría que… está muerto.

Cleo abrió los ojos de par en par y ahogó un gritito.

—¿Qué te pasa? —le interpeló RH—. Vives en una calle llena de esqueletos y zombis, ¿y te asusta un cadáver? —se acercó con parsimonia a la silla y le dio unos golpecitos en el hombro al desconocido—. ¿Ves? Más seco que la mojama.

—¡Para! —le ordenó Cleo.

—¿Por qué? —sonrió RH—. Pero si no le importa. ¿Verdad que no? —le preguntó a lo que quedaba del hombre, para, acto seguido, cogerle una mano y saludar a la momia.

—¡He dicho que pares! —gritó Cleo mientras le pegaba un manotazo con la intención de que soltase al muerto.

El golpe hizo girar la silla… y la figura apareció cara a cara frente a los tres amigos. Se quedaron helados. Petrificados por el miedo. Aunque solo conservaba algo de piel y los huesos, estaba bien claro a quién pertenecieron.

Ante ellos, sentado en la silla, estaba el cuerpo en descomposición de Samuel Doctísimo.

Capítulo Cinco
El hombre lobo

—No lo entiendo —reconoció Luke, que miraba fascinado la figura putrefacta. El traje colgaba flácido sobre el esqueleto—. Se supone que en este lugar vivía el último de los fundadores. ¿Qué pinta aquí el profesor Doctísimo?

—Pues, por lo que se ve, poco —afirmó RH, y le dio un codazo al cadáver, que se movió un ápice.

—Es increíble… —Cleo parecía imantada por los restos.

Luke sacó del bolsillo *Historias del Distrito P.A.V.O.R. contadas por Samuel Doctísimo*.

—¿Se puede saber qué significa esto? —interrogó a la cara plateada.

—Que habéis encontrado mi cuerpo donde lo dejé cuando uní mi espíritu al libro —respondió el hombre mientras miraba en derredor—. Desde entonces, parece que nadie ha pasado por aquí.

—¿Y cómo salió el libro? —continuó RH—. ¿Por qué los Hombres de la Mudanza no han alojado aquí a otra familia?

—Una amiga íntima estaba conmigo cuando lancé el hechizo: Fémur Costillar.

—¿La esqueleto que nos cedió su cráneo para unirlo a nuestras reliquias? —preguntó Cleo.

—La misma. Guardó el libro y extendió el rumor de que mi hijo se había quedado con la casa.

—¿¿¿Su hijo??? —soltó atónito, Luke—. ¿Tenía usted familia?

—Aún la tengo —respondió sonriente el autor.

—Pero usted vivía aquí con uno de los fundadores —insistió Luke.

—No exactamente.

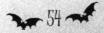

54

—Entonces, le permitió que escondiera aquí la última reliquia, ¿no?

El profesor lo miró fijamente desde la cubierta antes de continuar:

—Luke, yo soy uno de los fundadores del Distrito P.A.V.O.R.

El chico sufrió un leve mareo y tuvo que agarrarse al escritorio.

—Imposible… ¡el último fundador era un hombre lobo! —jadeó, incrédulo.

—Sí —añadió la cara del libro—. Yo era… soy un hombre lobo. Como tú. Yo también luchaba por controlar mis transformaciones cuando me enfurecía y, en ocasiones… resultaba una amenaza para las personas a las que quería. —El autor soltó un gran suspiro—. Abandonar mi cuerpo fue, en parte, un alivio. Pero ahora he de regresar.

—¿Regresar? —exclamó RH mientras miraba lo que quedaba del cuerpo—. ¿A eso?

—Así debe ser —respondió Doctísimo—. He de abandonar el trabajo de mi vida y transformarme una última vez. Precisamente por eso pedí que no enterraran mi cuerpo.

—Un momento —les alertó Cleo con la voz temblorosa—. Usted mismo dijo que había llevado

55

a cabo la transferencia de su espíritu al libro cuando estaba a punto de morir…

—No quiero oírlo —zanjó Luke.

—Lo oigas o no, es lo que ocurrirá —continuó el profesor con determinación—. Cuando se revierta el hechizo, volveré a mi cuerpo tal y como estaba entonces… al filo de la muerte.

—Bueno —apuntó Luke pensativo—, le devolveremos al libro en cuanto tengamos la garra.

—Me temo que no será posible —respondió el autor—. En cuanto lo abandone… el libro se destruirá. Y yo moriré.

—¡Pues métase en otro libro! —insistió el chico.

—Este es el único que escribí —suspiró.

—¡Vaya tontería! —gritó Luke—. ¡Usted es escritor! ¡No puede haber escrito solo un libro! —Se dirigió corriendo a una estantería decrépita y empezó a consultar todos los lomos, uno tras otro, buscando el nombre de Samuel Doctísimo.

RH suspiró.

—Luke, entendemos que estés molesto…

—¡Ni hablar! —soltó el chico lobo mientras tiraba los volúmenes al suelo—. ¡Qué vais a entender! Lo único que quiero es llevar a mis padres a casa… ¡y para conseguirlo tengo que matar a una persona!

—No me matarás —le interrumpió Doctísimo—. Cuando me colé en este libro, engañé a la muerte. Solo pondrás las cosas en su sitio.

—¿Y podría convertirse en un zombi como Doug o Berry? —preguntó Cleo.

—Para que sucediera eso, habría que enterrar el cadáver y resucitarlo de la tumba al poco tiempo. A mí nunca llegaron a enterrarme… y me temo que es demasiado tarde.

—¿Se supone, entonces, que debemos alegrarnos de que esté usted a punto de diñarla? —exclamó Luke, que había abierto el primer cajón de un mueble antiguo y rebuscaba en él.

—No pretendo que os alegréis, pero siempre supe que este momento llegaría, antes o después, que algún día ayudaría a alguien a encontrar las reliquias y tendría que volver a mi cuerpo… y morir. En realidad, la cuestión es que me alegro de que sea a ti a quien he ayudado.

—Tiene que haber otra forma —el chico negaba con la cabeza—. Tiene que haber otra forma… —Luke sacó muy despacio un manuscrito de la parte de atrás del cajón—. ¡Aquí está! —anunció triunfante—. ¡Reconocería esta letra en cualquier parte!

—Luke… —empezó Samuel.

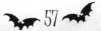 57

—En cuanto consiga su garra —declaró Luke emocionado, agitando el manuscrito—, usaremos el hechizo para meterlo aquí. ¡Y seguirá vivo!

—Por favor…

—Sé que le falta una cubierta —prosiguió Luke—, pero en cuanto su espíritu se meta entre estas páginas, diseñaremos una y parecerá un libro de verdad.

—Creo que no es una buena…

Luke seguía sin hacer caso al profesor.

—Puede que no sea tan bueno como *Historias del Distrito P.A.V.O.R.* —reconoció mientras abría el manuscrito por la primera página—, pero se acostumbrará a ser… —Se quedó de piedra. Lentamente, leyó el título en alto—: *Los vendajes malditos*, por M.T. Tumbas. —Un silencio sepulcral invadió la habitación. Cleo fue la primera en romperlo.

—¿Usted es M.T. Tumbas? ¿El que escribió todos esos libros de momias y vampiros para niños?

—Fueron los primeros libros que publiqué —admitió Doctísimo, un tanto incómodo—. Entonces vivía en el mundo de Luke, antes de que los Hombres de la Mudanza me trajeran al Distrito P.A.V.O.R. Antes de que conociera el aspecto real de momias y vampiros.

—¿Y por qué M.T. Tumbas? ¿Por qué ocultaba su verdadero nombre? —insistió RH.

—Los de P.A.V.O.R. me perseguían —les explicó—. Sabían desde hacía tiempo que los Doctísimo éramos hombres lobo. Trataba de evitar que dieran conmigo y acabar…

—… Aquí —Luke finalizó la frase, maravillado ante la idea de que Samuel Doctísimo proviniera de su mundo.

—Exacto. Al casarse, mi hijo se cambió el apellido con la intención de que los Hombres de la Mudanza nos perdieran la pista.

—Entonces, ¿cómo lo encontraron? —quiso saber RH.

—Otros autores se reían de mis libros. Decían que lo que escribía eran ridiculeces. Un enfado colosal me hizo transformarme y destrocé gran parte de la biblioteca del pueblo.

—¡No me extraña que eso atrajera la atención de los de la mudanza! —rio Cleo—. Y entonces lo trajeron a usted y a su familia aquí…

Samuel Doctísimo negó con la cabeza.

—No, solo a mí. Me negué a decirles dónde se encontraban mi mujer y mi hijo. Pero nunca volví a verlos —relató entristecido.

—Bueno, pues nos verá a nosotros porque, en cuanto tenga la última reliquia, lo meteré en el manuscrito de M.T. Tumbas.

—¿Crees que funcionará? —preguntó Cleo.

—Debería —respondió Doctísimo, que parecía algo más animado—. El hechizo tendría que funcionar a pesar de los años.

—¿Y a qué esperamos? —sonrió Luke—. ¿Cuál es el hechizo?

—Debería estar en la mesa —dijo Doctísimo—. Fue lo último que hice. Colocad el libro cerca de mi cuerpo y, después, escribid el hechizo al revés. Solo será efectivo si se transcribe.

RH encontró un papel doblado junto a la pluma del autor, lo desdobló y leyó en alto:

—«Atar al raedor y rodear la rata».

—¿«Atar al raedor y rodear la rata»? —repitió Cleo—. ¿Y eso qué significa?

—Nada, probablemente. Son solo las palabras que conforman el hechizo.

—De acuerdo —dijo Luke mientras dejaba *Historias del Distrito P.A.V.O.R. contadas por Samuel Doctísimo* en el suelo, frente al cadáver de su autor, y sacaba un bolígrafo del bolsillo—. Vamos a escribirlo al revés —cogió un pedazo de papel y

empezó a copiar—: A–t–a–r–a–l. —Y se detuvo—. ¡El hechizo dice lo mismo al derecho y al revés! ¡Atar al raedor y rodear la rata!

La cara de la cubierta del libro sonrió:

—¡Para que veas la magia tan poderosa que se esconde en las palabras!

Cuando el chico acabó de escribir, una luz resplandeciente y titilante brotó del libro, planeó sobre este durante unos instantes y, acto seguido, se introdujo en la boca del cadáver.

El cuerpo de Samuel Doctísimo emitió un grito ahogado antes de abrir los ojos y parpadear.

—¿Ha funcionado? —sonó una voz ronca—. ¿He vuelto?

—¡Sí! —le tranquilizó Luke, sonriente.

Capítulo Seis
La garra

Samuel Doctísimo se apoyó en la silla e intentó ponerse de pie, pero el esfuerzo era demasiado grande y se dejó caer mientras tosía.

—¿Está usted bien? —le preguntó Cleo.

Samuel asintió muy despacio.

—Mis músculos se han atrofiado considerablemente. Me temo que me va a ser imposible moverme mucho.

—¡Mirad el libro! —exclamó RH.

Historias del Distrito P.A.V.O.R. contadas por Samuel Doctísimo, cuya cubierta plateada se había vuelto lisa, empezó a temblar ligeramente y, de golpe, se deshizo en un montón de polvo.

—El trabajo de mi vida… ¡volatilizado! —El autor forzó una leve sonrisa—. Imagino que, como inquilino, he sido una carga demasiado pesada.

—Era un libro maravilloso, profesor Doctísimo —le animó Luke—. Me ha ayudado a encontrar las reliquias que necesitaba para sacar a mis padres de este lugar.

—No todas —le recordó RH—. Aún necesitas la garra del hombre lobo.

—Y para eso voy a tener que convertirme… —tosió Samuel—, y he perdido la práctica de controlarlo; así que quizá tarde un ratito en conseguir que mis manos se transformen.

—¿Está seguro de que puede hacerlo? —le preguntó Cleo tras pasarle un brazo por los hombros al frágil anciano.

Antes de que llegara a contestar, Luke cogió el tintero con decisión, le quitó el tapón y lo derramó sobre la alfombra.

—¿Qué haces?

—Que se enfade. ¡Y que se transforme!

Doctísimo se encogió de hombros sin energía.

—Me temo que nunca me ha gustado mucho esta alfombra.

Luke gruñó frustrado.

—¡Ayúdame! —le soltó a RH.

—Vale —le siguió el vampiro—. Pues… ¡*Historias del Distrito P.A.V.O.R.* solo contenía una sarta de memeces!

—El sitio idóneo en el que guardar las pistas para encontrar las reliquias —respondió el anciano.

—¡Por favor! —exclamó Luke—. ¡Tiene que haber algo que le enfade tanto como cuando leyó aquella mala crítica! —Y, en ese momento, cayó y cambió su estrategia—: Cleo cree que *Los vendajes malditos* es un espanto.

—¿Cómo? —la expresión de Doctísimo se ensombreció.

—Luke, ¿qué dices? —se pasmó la momia.

—Es cierto —le apoyó RH—. Comentó que las momias nunca se comportarían así y que la maldición que usted había escrito era una auténtica chorrada.

El profesor, como accionado por un resorte, giró la silla para mirar fijamente a Cleo.

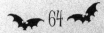

—Esto no creo que sea buena idea —se amedrentó ella.

—De hecho —insistió Luke—, ¡aseguró que Cumbres del Terror era la más pésima colección para niños que había leído en su vida!

Samuel Doctísimo emitió un gruñido gutural, los ojos se le pusieron de color rojo y empezó a vislumbrarse el hombre lobo. Su piel descompuesta

se llenó de pelo plateado y los músculos podridos volvieron a recomponerse.

—Chicos… creo que esto no va a ser una transformación parcial —advirtió RH—. ¡A mí me parece que se va a liar una buena!

El lobo se levantó de la silla lanzando potentes dentelladas al aire en dirección a Cleo. La momia se acurrucó bajo el escritorio mientras el anciano hombre lobo intentaba alcanzar su tobillo. Cleo sintió el aliento caliente en las vendas y comenzó a gritar.

—¡Señor Doctísimo! ¡No lo haga! —bramó Luke. El chico cogió la silla y describió un arco con ella tomando impulso; golpeó al hombre lobo en la sien y este perdió el equilibrio.

El lobo plateado movió la cabeza de un lado a otro, aturdido, y clavó la mirada en Luke, que estaba paralizado por el miedo. Doctísimo rugió y se preparó con las fauces abiertas, dispuesto a atacarle. ¡Pero una llama frente a su hocico lo detuvo!

—¡Menos mal que tenía una de estas a mano! —RH palmeaba su capa con cariño y hostigaba a la bestia con la antorcha. Doctísimo aulló de nuevo y se retiró.

Luke corrió hasta el escritorio para ayudar a Cleo a levantarse.

—¿Cómo lo vamos a detener?

—Esa es la pregunta que nos hacemos todos cada vez que tú te transformas —le confesó la momia.

RH, que mantenía al hombre lobo a raya con la antorcha en una mano, rebuscó entre los pliegues de la capa con la otra y sacó unas tijeras de podar, que tiró sobre la mesa. Imponiéndose al estrépito causado por la caída de la herramienta, el vampiro ordenó:

—¡Yo me encargo del lobo! ¡Tú vete por detrás y córtale una de las garras!

—¿Que le corte una mano al profesor Doctísimo? —preguntó Luke, ojiplático, mientras observaba las tijeras.

—¿Cómo la vas a conseguir si no? —soltó su amigo mientras lanzaba una estocada con la antorcha para evitar que el lobo se escapase por una esquina—. ¡Si esperamos a que recupere su forma normal ya no será la garra de un hombre lobo!

Luke cogió las tijeras… pero volvió a dejarlas.

—No… no había pensado que… ¡Nunca necesitamos llegar tan lejos para conseguir las demás reliquias!

—Pero las otras nos ha costado mucho encontrarlas —convino Cleo—. Esta, en cambio, la tenemos delante de las narices.

—¡Pero tener que hacerle daño al señor Doctísimo para conseguirla…!

—¡Yo me encargo! —exclamó la momia mientras agarraba las tijeras.

Luke se las arrebató y suspiró larga y profundamente.

—Espera —resolvió, tajante—, he de hacerlo yo. Por mis padres…

El hombre lobo rugió y saltó hacia adelante dando dentelladas. La baba rezumaba por todas partes.

—¡Vamos, date prisa o te devolveremos a tu mundo en pedacitos! —gritó Cleo.

Luke asió las tijeras con fuerza y se apartó del campo de visión del hombre lobo. Cleo saltaba sin cesar detrás de RH para llamar su atención.

Luke se colocó a la espalda del lobo. Le temblaban terriblemente las manos. Mientras se afanaba en agacharse, para evitar el impacto de la cola que la bestia agitaba frenéticamente, colocó el filo de la herramienta alrededor de una de las patas delanteras. Cerró los ojos y… ¡le pegó un fortísimo tijeretazo!

El esperado aullido de dolor no llegó. Abrió los ojos. En el suelo solamente había un pedacito de uña.

—¡Esta sí que es buena! —gritó RH—. ¡Se suponía que tenías que cortarle la garra…!, ¡deja la manicura para otro momento!

—¡Se ha movido! —protestó Luke, que se quedó de piedra al darse cuenta de que, con su contestación, acababa de descubrirse. El lobo se giró como una exhalación y saltó sobre él. La baba caliente brillaba terriblemente sobre sus colmillos. Luke cayó de espaldas y el hombre lobo se abalanzó sobre él. El chico lo agarró por el cuello para evitar el mordisco.

RH corrió hacia su amigo y saltó sobre la espalda del hombre lobo. Este se dio la vuelta y, de un manotazo, lanzó despedido al vampiro. RH cayó sobre el escritorio y soltó la antorcha, que prendió el manuscrito de M.T. Tumbas.

Mientras el vampiro intentaba sofocar las llamas por todos los medios, Luke alargó la mano y buscó en el suelo el libro más grande a su alcance. Cuando lo encontró, reunió todas sus fuerzas y le asestó con él tal golpe en la cara al lobo que se desplomó en el suelo, aturdido.

RH resopló para recuperar el aliento y, a continuación, gritó:

—¡Larguémonos de aquí!

 70

Los tres amigos sacaron al hombre lobo inconsciente al jardín del número 1 del Distrito P.A.V.O.R.
Luego se dejaron caer al suelo, exhaustos. Luke
apoyó la cara sobre la hierba fresca e intentó tranquilizarse. A su lado, el hombre lobo plateado emitió un aullido suave y largo. Empezaba a recuperar
la consciencia.

RH, al que aún le costaba respirar, le quitó las
tijeras a Cleo y se las tendió a Luke.

—Hazlo.

El chico las cogió y las puso con cuidado alrededor de la pata delantera izquierda del hombre
lobo. Miró hacia otro lado y cerró las hojas. El lobo,
semiinconsciente, emitió un lloriqueo y Cleo se
quitó rápidamente una venda de la cadera para cu-
brirle la herida.

Mientras Luke recogía la garra, la criatura
empezó a menguar.

—Creo que el señor Doctísimo está de vuelta.

—Pero tenemos un problema —advirtió RH—.
Los vendajes malditos, el manuscrito que íbamos a usar
para contener su espíritu… ¡se ha quemado!

Luke se sentó de golpe.

—¡Tengo una copia en mi habitación! ¡Podemos usarla!

Justo en ese momento, de entre la hierba del suelo emergió una mano, seguida de una cabeza verdosa. Era Doug, uno de los zombis del Distrito P.A.V.O.R.

—¡Coleguitas! —exclamó—. ¿Cómo va todo?

—Justo a tiempo —fue el saludo de Cleo mientras ayudaba a Doug a salir del túnel y lo acompañaba hasta donde se encontraba Samuel Doctísimo. El profesor yacía sobre la hierba con su forma humana, apenas consciente y con un muñón vendado, visiblemente ensangrentado—. Doug, por favor, ¿podrías llevar al señor Doctísimo a casa de mi padre? Él lo cuidará hasta que volvamos.

—¡*No problem*, damisela! —respondió el zombi antes de coger en brazos a Samuel Doctísimo y dirigirse a la verja de salida trastabillando.

Luke le apretó la mano derecha al autor al llegar a la calle.

—Resista, profesor —le imploró—. Regresaré en cuanto tenga el libro.

El trío salió a toda prisa hacia la casa de Luke, pero RH se giró hacia el zombi y le gritó:

—Doug, recuerda, si se despierta… ¡ni se te ocurra enfadarlo!

Capítulo Siete
El portal

Luke, RH y Cleo entraron en la habitación del primero a todo correr justo en el momento en el que un «¡Atchús!» convertía el edredón nórdico del chico en un rollo de papel de empapelar pintado a rayas.

—Parece que Tress sigue constipada —dijo RH.

Luke sacó el ataúd dorado de debajo de la cama, lo abrió para comprobar que las reliquias seguían allí y suspiró aliviado al confirmarlo.

—Podríamos enviarle una tarjeta deseándole que se mejore cuando hayamos encontrado algún libro escrito por M.T. Tumbas —propuso mientras guardaba la garra con las demás reliquias de los fundadores.

—¿En qué caja habías metido los libros de Cumbres del Terror? —le preguntó Cleo mientras buscaba entre unos videojuegos.

—La mayoría debe de estar en esta —respondió al tiempo que abría una de las que había junto al armario. Pero… «¡Atchús!»… y el contenido se convirtió en un montón de ositos de peluche.

—¡Tenemos que dar con ellos antes de que Tress los convierta en algo inservible! —dijo RH—. ¡No creo que podamos transferir el espíritu del profesor Doctísimo a un simple peluche!

Cada uno de los chicos cogió una caja y empezó a buscar en ella los libros de Cumbres del Terror.

Luke sacó un puñado de cedés y alcanzó a ver algo que le resultaba familiar: ¡el aterrador vampiro de la portada de *Los colmillos del destino*!

—¡Tengo uno! —gritó triunfante mientras mostraba el libro.

Justo en el momento en que RH y Cleo se giraban hacia él, el trío se vio envuelto en un arcoíris de luz.

—¿Qué habrá cambiado ahora? —inquirió la momia mientras se protegía los ojos.

—Esto no estaba aquí… —les alertó RH.

Encima del ataúd que contenía las reliquias había un portal irisado. Luke, que también se protegía los ojos, se acercó y vio que al otro lado había una habitación.

—¡Mi habitación! —susurró.

—¡Menudo lince, cerebrito de lobo! ¡Claro que estamos en tu habitación! —bromeó RH.

—No me has entendido —respondió el chico según se acercaba al portal—. Esa es la habitación que tengo en mi mundo… ¡Mi antigua habitación!

Cleo se quedó mirando el portal resplandeciente.

—¡Debe de ser el portal de vuelta a tu hogar!

—¿Qué? ¿Por qué lo has abierto ya? —le reprochó el vampiro.

—Yo no lo he abierto —protestó Luke—. Solamente he dejado… —se quedó callado unos instantes—. Solamente he dejado la garra del hombre lobo en el ataúd con las demás reliquias…

—¡Y la magia ha debido de activarse! —añadió Cleo para finalizar la frase.

Luke adelantó una mano hacia la resplandeciente entrada a su antigua habitación. Allí estaba

su dormitorio, el de la vieja casa. Lo había conseguido. Era la primera persona que lograba abrir un portal para salir del Distrito P.A.V.O.R.

Dio un paso hacia adelante, pero Cleo lo retuvo agarrándole el hombro y se lo impidió.

—¿Qué haces? ¡No puedes atravesarlo ahora!

—Doctísimo ha dicho que el portal permanecería abierto hasta que se cumpliera mi mayor deseo. Así que no debería cerrarse hasta que mis padres lo atraviesen. —Se quedó fascinado ante el mundo que pensó que jamás volvería a ver—. Solo quiero asegurarme de que es real —explicó. Tomó aire y entró.

Luke se sintió desorientado por unos instantes y se vio obligado a cerrar los ojos para evitar marearse. Le aterraba abrirlos por si el portal tan solo era un espejismo. ¿Y si las reliquias de los fundadores mostraban aquello que deseas, pero impedían que estuviera realmente a tu alcance? Se sentía incapaz de sopor…

«¡Piii!». El claxon de un coche hizo que saliera de su ensueño.

¿Un bocinazo? ¡En el Distrito P.A.V.O.R. no existían los coches! Poco a poco, abrió los ojos y vio que se encontraba en su antiguo dormitorio. La habitación estaba vacía: los Hombres de la Mudanza trasladaron todo el mobiliario a su nueva casa; pero era su habitación. Seguro. Pasó los dedos por las marcas que había hecho con un rotulador en la pared cuando era más pequeño. Se sentía

encantado de oír el ruido del tráfico por la ventana. ¡Estaba en casa!

Se dio la vuelta y vio que RH y Cleo le observaban a unos pocos metros, en su habitación del Distrito P.A.V.O.R. Hablaban sin parar, pero el sonido le llegaba apagado, distante. Entre los tres se encontraba el ataúd con las reliquias, rodeado por la misma luz iridiscente del portal.

Se metió en el bolsillo el libro de Cumbres del Terror y sacó la cabeza por el portal resplandeciente. Los sonidos del distrito reemplazaron a los de su mundo.

—¿... tiempo planeas estar ahí? —escuchó a RH.

—Lo de las reliquias funciona —declaró Luke—. ¡Es un portal a mi mundo! ¡Entrad! ¡Venid a echar una ojeada!

—¿Qué pasa con el profesor Doctísimo? —preguntó Cleo—. Tenemos que meterlo en el libro.

—Tu padre está cuidando de él —respondió el chico lobo—. Solo serán unos minutos. ¡Quizá sea la única oportunidad que tengáis de conocer el lugar de donde vengo!

—¡Creía que nunca nos lo pedirías! —dijo RH con una sonrisa. Acto seguido, dio un salto a través del portal y, tras sacudir la cabeza para despejarse,

le tendió la mano a Cleo—. ¡Vamos! —Su voz sonaba amortiguada.

La momia agarró con fuerza la mano del vampiro y dejó que la ayudara a pasar al otro lado del portal titilante, pero perdió pie y cayó al suelo.

Luke la ayudó a levantarse y añadió:

—El mareo desaparecerá enseguida.

RH miraba la habitación vacía.

—Vaya, esto está muy lejos del universo feliz que me esperaba —comentó, desilusionado—. Tan solo es un dormitorio.

—Claro, eso es justo lo que es, tío listo —bromeó Luke—. ¡Y es el mío! —Y se dirigió corriendo a la ventana—. ¡Mirad! ¡Desde aquí se ve el supermercado! —gritó emocionado—. ¡Y el parque en el que jugaba al fútbol!

Cleo se asomó a la ventana justo en el momento en el que pasaba un autobús de dos plantas. La momia pegó un grito y se agachó con las manos en los oídos.

—¿Qué te pasa? —le preguntó Luke.

—¡Agáchate! —le pidió ella mientras tiraba de su camiseta—. ¡Creo que ha pasado un dragón!

Luke hizo auténticos esfuerzos por contener una carcajada.

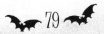 79

—Tonterías. Era un autobús.

—¡Me da igual cómo llaméis a los dragones en tu mundo! —le espetó—. En el mío, cada vez que una cosa grande y verde pasa rugiendo por tu lado… ¡te escondes!

—Cleo, pero si llevaba gente dentro.

—¡Y nosotros seremos los siguientes si no te ocultas, idiota! —gritó la momia, que tiraba todavía más de su camiseta.

Luke suspiró y se acuclilló junto a su amiga.

—Acuérdate, es como el autobús turístico que vino al Distrito…

—¡Luke, ven aquí! —le interrumpió un grito que provenía de abajo.

Luke y Cleo bajaron las escaleras a toda prisa y se encontraron con RH en el pasillo, frente a la puerta de entrada. La tapa del buzón aún repiqueteaba, después de que el cartero metiera una nueva entrega del correo, que ya se apilaba sobre el suelo.

—¡La puerta está vomitando! —exclamó el vampiro, que sacó de la capa una espada larga y plateada—. ¡Quién nos asegura que es una puerta de verdad! ¡Seguro que se trata de un metamorfo! —y blandió el arma a modo de amenaza—. ¡Venga, cobarde, muéstranos tu verdadera forma!

Luke agarró del brazo al vampiro para que bajara el arma.

—Me parece que traeros aquí no ha sido buena idea. Venga, volvamos al distrito para ayudar al profesor.

Cleo subía las escaleras en primer lugar y RH cerraba la comitiva por si el metamorfo les atacaba. Luke echó un último vistazo y sonrió.

—Puede que mañana esté durmiendo aquí.

—Te echaremos de menos —reconoció la momia.

—Bueno, todavía no me he ido —contestó mientras sacaba *Los colmillos del destino* del bolsillo—. ¡Antes nos queda un número de magia en el Distrito P.A.V.O.R.! —Y se dirigió hacia el portal.

«¡Atchús!».

Justo cuando el chico llegaba al portal, oyó un estornudo apagado proveniente del otro lado y vio cómo el ataúd con las reliquias quedaba envuelto por un resplandor anaranjado. ¡El colmillo del vampiro se había convertido en unas gafas! El portal explotó en un arcoíris de color y Luke, RH y Cleo cayeron al suelo.

El chico lobo se irguió de un salto y miró a su alrededor con cara de incredulidad.

—¡No! —gritó—. ¡Nooo!

Pasó la mano por las paredes con la esperanza de encontrar alguna grieta por la que volver, pero las paredes no tenían la más mínima fisura.

—¿Qué ha pasado? —preguntó Cleo.

—¡Tress ha vuelto a estornudar y ha transformado el colmillo del vampiro! —fue la respuesta de RH, más pálido aún que la pintura blanca que cubría su rostro—. Al faltar una de las reliquias… ¡el portal se ha cerrado!

—Pero esto es reversible, ¿verdad? —se angustió la momia—. Podemos volver a casa, ¿ehhhh?

Se produjo un largo silencio. Luke apoyó la frente contra la pared.

—Estamos atrapados —fue su respuesta.

Capítulo Ocho
El plan

Cleo chilló al ver pasar otro autobús de dos plantas junto a ellos.

—Si pierdes los nervios cada vez que crucemos una calle, jamás lo conseguiremos —gruñó Luke mientras pulsaba el botón para que el semáforo que había frente al supermercado se pusiera en verde. Se alegraba de caminar por lugares que le

eran tan familiares, pero, al mismo tiempo, le preocupaba qué estaría sucediendo en el Distrito P.A.V.O.R.

A pesar de las protestas de RH y de Cleo, Luke había decidido que lo mejor era irse a la calle.

—No me encuentro bien —musitó el vampiro.

—Pues tienes buen aspecto, y eso es lo que importa —le aseguró Luke, que le había obligado a quitarse los colmillos falsos y el maquillaje para salir de casa. El vampiro caminaba con aire taciturno y llevaba la capa doblada dentro de una bolsa de plástico.

—¡Pero mírame a mí! —rezongó la momia—. Atrévete a decir lo mismo… —Disimular a la momia había sido algo más complicado. Afortunadamente, los Hombres de la Mudanza olvidaron en su casa la cómoda de sus padres con todo su contenido. Cleo llevaba un vestido de verano estampado y un retal del visillo del salón cubriéndole la cabeza a modo de pañuelo—. ¡Menuda pinta! —se quejó mientras cruzaban la calle—. ¿Cómo habré dejado que me convenzas para plantarme un vestido?

—Cleo —susurró Luke —, si te paseases por mi mundo vendada de pies a cabeza, la gente creería

que has sufrido un gravísimo accidente ¡y acabarías en el hospital más próximo!

—¿Y mi cara qué? —replicó la momia, enfurruñada—. Nada me la tapa.

—Si nos preguntan, diremos que padeces una alergia terrible.

—¿Alergia a qué?

—¡Qué más da! —gritó el chico, exasperado. Respiró hondo y volvió a bajar la voz—. Solo es una excusa, por si acaso. —Llegaron a un banco y Luke se dejó caer en él. Sus amigos se sentaron a su lado.

—Bueno, y ahora, ¿cuál es el plan? —trató de saber RH.

—Pues… no tengo ninguno —admitió Luke—. Pensé mucho en cómo abandonar el Distrito P.A.V.O.R., pero nunca creí que querría volver.

—Venus ha estado en tu casa —intentó serenar el ambiente Cleo—; en la del distrito. Ha arreglado el desastre que han provocado los estornudos de Tress. Quizá haga lo mismo con el colmillo del vampiro.

—Ya lo he pensado. Pero ella desconoce cuál es la forma original de las reliquias. Solo nosotros sabemos cómo eran.

—Y Samuel Doctísimo.

—Encima eso —se desesperó Luke mientras hundía la cara entre las manos—. El profesor Doctísimo andaba ya bien fastidiado cuando nos hemos ido. Como no le llevemos un libro de Cumbres del Terror cuanto antes… morirá. A lo mejor ya…

—Basta —le interrumpió Cleo apresuradamente—. Eso no sirve de nada. Hay que ser optimistas y esperar lo mejor.

—Si al menos le hubiera contado a mis padres que estaba reuniendo las reliquias —se lamentó el chico—, tal vez alguien atase cabos sobre dónde estamos e intentase ayudarnos.

—Bueno, alguien lo sabe —siguió RH—: Sir Otto Sorna.

Era cierto. Desde que empezaron a buscar las reliquias de los fundadores, el casero del Distrito P.A.V.O.R. les había seguido la pista y había hecho lo imposible por robárselas, con la intención de emplearlas para atormentar a los monstruitos que tanto despreciaba.

—Si consiguiéramos enviarle un mensaje —reveló RH—, podría indicarle a Venus qué reliquia ha cambiado.

—¡Pero luego se largaría con ellas! —protestó Cleo—. Con todo lo que hemos pasado, hay que evitar que descubra dónde las guardamos.

—Pero si así lográsemos regresar al distrito… —sugirió Luke. Sir Otto había creado poltergeists, cortado el suministro de sangre de los vampiros e incluso fabricado un demonio con el fin de obtener las reliquias. Era de locos que, ahora, el único modo de volver a ver a sus familiares fuese descubrirle su paradero.

—Tampoco sabemos cómo dar con él —resopló RH desanimado—. La única manera sería a través de los Hombres de la Mudanza y dudo mucho que anuncien su presencia por aquí. Vamos, que me parece a mí que nos va a ser complicado localizar su teléfono en la guía.

Luke se puso de pie.

—Repítelo.

—¿El qué? ¿Que no creo que lo localicemos en la guía telefónica?

—¡No! ¡Que podemos contactar con Sir Otto mediante los Hombres de la Mudanza! ¡Seguro que a través de ellos lograríamos enviarle un mensaje!

—La idea no está mal —afirmó Cleo—, pero RH tiene razón, va a ser difícil contactar con los

miembros del Programa de Alojamiento y Vigilancia de Organismos Raros. Ni siquiera tú habías oído hablar de ellos hasta la noche en la que vinieron a por ti. Nunca lo conseguiremos.

—Quizá lo inteligente no sea ir a buscarlos— aseguró Luke con una sonrisa—. ¿Y si hacemos que ellos nos busquen a nosotros?

—Ese —les indicó Luke desde su escondite.

RH volvió a ponerse la capa y apartó las ramas de los arbustos para ver mejor.

—¿Ese es tu abusón? —preguntó—. Pues vaya birria.

El trío se había acercado al antiguo colegio de Luke y observaba cómo los alumnos volvían a casa.

—Algo raro le pasa, sí —admitió Luke—. Lo normal sería que estuviera metiéndose con los pequeños; pero parece que pasa de todo.

Observaron al chico, que jugueteaba con la corbata, nervioso, y miraba para todos lados mientras se ocultaba.

—Imagino que es el resultado de que se abalance sobre ti un hombre lobo —supuso Cleo.

Luke se sintió culpable y rememoró el momento en el que se había transformado en hombre lobo y había atacado a Steven Black. El abusón le había robado la mochila a una chica más pequeña que él y Luke había intentado devolvérsela; pero Steven lo tiró al suelo de un empujón. Minutos después, el chico corría para salvar la vida por el cementerio de la iglesia, perseguido por un hombre lobo.

—Quizá él no es el más indicado —insinuó Luke—. Parece que lo asusté de por vida.

—¿Te estás echando atrás? —tanteó RH.

—Por supuesto que no, pero si voy a transformarme para atraer la atención de P.A.V.O.R., quiero causar el menor daño posible. A ese chico parece que le vaya a dar un ataque al corazón en cualquier momento.

—Vale, pues elige a otro —le ofreció el vampiro.

—Hay que darse prisa. Solo nos queda un niño —advirtió Cleo—. Ese de ahí con la oreja un poco extraña.

Luke miró hacia donde señalaba la momia y asintió:

—De acuerdo, a ese.

89

Los tres amigos salieron de entre los arbustos y se acercaron al chico solitario. Le faltaba parte de la oreja izquierda, como si hubiera tenido un accidente, y se la tapó para ocultarla.

Luke se aclaró la garganta.

—Esto… Eeeh… Siento mucho hacer esto… —y empezó a concentrarse para enfurecerse y convertirse en hombre lobo.

—Yo no lo haría, Luke Watson —y se oyó un ruido de agua fluyendo mientras su víctima empezaba a cambiar de forma. Su cuerpo creció más y más hasta convertirse en un hombre altísimo con un gabán de cuero negro y gafas de sol de espejo. A continuación, les enseñó una placa y anunció con voz profunda—: Zeal Cazacríos, rastreador de P.A.V.O.R. ¡Quedáis todos arrestados!

Capítulo Nueve
El interrogatorio

—¡Os lo voy a preguntar una última vez! —gritó Zeal Cazacríos y dio un golpe en la mesa—. ¿Qué pretendíais hacerle a ese niño?

Los tres amigos estaban sentados en una habitación sin ventanas frente a su interrogador. Luke se agarró con fuerza a la silla para tranquilizarse. El rastreador intentaba amedrentarlos, pero Luke no

quería darle la satisfacción de que consiguiera enfadarle.

—Ya te lo he dicho —contestó con hastío—. Queríamos asustar a alguien solo para que P.A.V.O.R. nos localizase. —Sus dos amigos, uno a cada lado, asintieron.

Cazacríos miró a Luke. Aún llevaba las gafas de sol de espejo.

—¿Queréis que me crea que habéis escapado del Distrito P.A.V.O.R. para dejaros capturar? Entenderéis que me resulte difícil…

—¡Pues es la verdad! —exclamó Cleo—. ¡Jamás tuvimos la intención de quedarnos atrapados aquí! El portal se ha cerrado accidentalmente…

Zeal apoyó las manos sobre la mesa y se inclinó hacia el trío.

—¿Y cómo habéis abierto un portal?

—Usando las reliquias de los fundadores —explicó RH—. Ayudamos a Luke a encontrarlas.

—Así que lo de venir aquí a asustar niños era premeditado.

—¡Noooo! —gritó Luke—. ¡Solo trataba de que mis padres volvieran a casa!

—Cálmate —le pidió Cleo mientras le sujetaba el brazo—. Si te enfadas…

—… No pasará nada —soltó Zeal Cazacríos—. Esta habitación… de hecho, todo el cuartel general de P.A.V.O.R., es a prueba de transformaciones no autorizadas. La capa del vampiro también ha sido desactivada. RH buscó en el interior de la capa para comprobarlo… y solamente encontró el sedoso forro azul.

—Así que estamos en el cuartel general de P.A.V.O.R. —dijo Cleo.

Después del arresto, Zeal abrió un portal mágico (como una ventana en el aire) por el que llevó directamente a los chicos a la habitación en la que se encontraban ahora.

—Deja de hacerte la inocente conmigo. Soy rastreador desde hace muchísimo tiempo, ya me conozco todos los trucos.

—¡Pero si somos inocentes! —insistió RH—. ¡El portal se ha abierto antes de lo previsto y Luke quería enseñarnos su antigua casa! ¡En ese momento, una de las reliquias se ha transformado y nos hemos quedado atrapados al otro lado!

—Y dale con las reliquias —gruñó Zeal mientras se pasaba la mano por el pelo—. ¡En la *Guía de P.A.V.O.R.* no se menciona ninguna reliquia!

—¿La *Guía de P.A.V.O.R.*? ¿Y eso qué es? —preguntó Luke, intrigado.

Cazacríos rebuscó en uno de los bolsillos de su chaqueta de cuero y sacó un libro muy gordo con las tapas de oro. Lo dejó caer, dando un golpazo, encima de la mesa.

—Un manual completo de todas las comunidades de P.A.V.O.R. Y aquí no se menciona nada sobre reliquias ni fundadores.

—Tienen que aparecer —insistió Luke, que abrió el libro y empezó a hojearlo—. Es imposible que seamos los primeros que… —se quedó callado por un momento—. Espera, yo conozco esta letra. ¡Esto lo ha escrito Samuel Doctísimo!

—Así es —reconoció Zeal sorprendido—. Lo escribió como referencia interna de P.A.V.O.R. —y se quedó observando cómo Luke llegaba al capítulo que hablaba de su distrito y empezaba a buscar alguna mención de las reliquias—. ¿De qué conocéis a Samuel Doctísimo?

—Él nos dio las pistas para encontrar las reliquias —respondió el vampiro—. ¡Eso! ¡Puedes preguntárselo al propio Samuel! ¡Se encuentra en el número 22 de nuestro distrito, el padre de Cleo cuida ahora mismo de él!

—Imposible. El profesor Doctísimo murió hace muchísimo tiempo, mientras trabajaba en la historia del Distrito P.A.V.O.R.

—Pero unió su espíritu a aquel libro —le explicó Luke—, ¡y sigue vivo! Por eso conozco su letra.

—¿Podéis mostrarme como prueba ese libro con Samuel dentro?

—Pues lo cierto es que no —admitió Cleo—. Se convirtió en polvo en cuanto resucitamos al profesor.

—¿Resucitasteis a Doctísimo? —exclamó Zeal Cazacríos—. ¡Esto ya es el colmo! Deberíais haber inventado algo mejor. ¿Algún testigo puede corroborar lo de las reliquias?

—Solo uno —aseguró Luke—: Sir Otto Sorna.

—¿El casero del Distrito P.A.V.O.R. conoce lo de las reliquias?

—Así es —asintió el chico lobo.

Cazacríos lo observó unos instantes y, a continuación, abrió la puerta de la habitación y le hizo

un gesto a un Hombre de la Mudanza con un mono blanco que esperaba afuera. El rastreador le puso un dedo en la frente durante un segundo, el hombre sin cara asintió y salió corriendo.

—En el improbable caso de que Sir Otto confirme vuestra historia, le he ordenado que confisque las reliquias.

—¡No, por favor, no permitas que se las quede! —protestó RH.

—Si existen, cosa que dudo, son fundamentales para P.A.V.O.R. y debería custodiarlas alguien responsable.

—¿Responsable? —bramó Cleo—. Entonces es que no hablamos de Sir Otto.

—Por supuesto que sí —se defendió Zeal—. Tiene un sobrino, Dixon, que es metamorfo, como yo.

—¡Claro, así has hecho ese truco en el colegio! —exclamó RH.

—Es muy útil para mi trabajo de rastreador.

—¡Y dale con lo de rastreador! ¿Qué es eso? —le preguntó Cleo.

—Me dedico a encontrar y estudiar organismos raros. Luego, remito los informes a los Hombres de la Mudanza, que los trasladan a alguna comunidad de P.A.V.O.R.

—Entonces, ¿a mí me localizó un rastreador? —quiso saber Luke.

Zeal hizo una pausa.

—Yo te localicé.

—¡¿Tú?! —gritó el chico, que se puso de pie con tal arrebato que su silla cayó al suelo—. ¡Tú condenaste a mis padres a vivir en el distrito!

—¡No tenía elección! —ladró Cazacríos—. ¡Eres un verdadero peligro cuando te conviertes en lobo! Era cuestión de tiempo que hirieras gravemente a alguien… o incluso lo matases.

—¡Jamás lo habría hecho!

—¿No? Vamos a verlo —y el rastreador sacó una bola de cristal de otro de los bolsillos de su gabán. La puso sobre la mesa y pasó una mano por encima. En el interior de la esfera empezó a formarse una imagen.

RH y Cleo se inclinaron sobre ella y vieron a Steven Black, el abusón del colegio, perseguido a lo largo del cementerio por Luke, convertido en lobo. La criatura tiró al suelo al aterrado chico y se preparaba para saltar sobre él justo cuando el chihuahua salió de entre los arbustos y mordió al lobo en el tobillo. La bestia emitió un aullido, olvidó al abusón y se lanzó a la persecución del perrito.

—¡Estabas allí! —gritó Luke, que observaba la escena por encima de sus amigos—. ¡Viste cómo atacaba a Steven Black!

—¡No solo eso! —respondió Cazacríos, que guardó la bola en el bolsillo—. ¡Le salvé la vida! —y se retiró el pelo para enseñarles el bocado que tenía en la oreja, idéntico al que habían visto en el chico del colegio.

—Es imposible —susurró Luke al reconocer el mordisco.

—Luke, ¿se puede saber de qué está hablando? —preguntó Cleo.

—Deja que te lo demuestre —dijo Zeal con una sonrisa. Tomó aire y empezó a encoger. El gabán de cuero se convirtió en una piel blanca y suave y sus brazos se transformaron en pequeñas patas delanteras. En cuestión de segundos, un chihuahua se exhibía frente al trío.

RH se quedó mirando la oreja herida del perro.

—¡Eres *Fluffy*! —exclamó—. ¡El perro que impidió que Luke hiciera pedazos al abusón! Él pensaba que había sido una increíble coincidencia, ¡pero tú lo seguías!

Zeal Cazacríos recuperó su forma humana.

—Acechaba a Luke desde la primera noche en la que se transformó —admitió—. Yo conducía la ambulancia que lo llevó al hospital el día de su décimo cumpleaños y también era la araña que observaba desde la ventana cómo sus padres lo ataban a la cama después del segundo ataque —y se acercó al chico lobo—. Nunca tuviste la menor oportunidad de huir de mí, Watson. ¡Nadie de tu familia se me ha escapado!

—¿De mi familia? ¿Qué quieres…?

La puerta se abrió de golpe y entró el Hombre de la Mudanza del mono blanco. Zeal volvió a ponerle un dedo en la frente unos instantes y el hombre abandonó la habitación.

Cazacríos miró a los tres amigos.

—Sir Otto Sorna asegura que no sabe nada de unas reliquias.

—¡Es un grandísimo mentiroso! —gritó RH mientras se ponía de pie apresuradamente—. ¡Ha intentado arrebatárnoslas desde que conocimos al profesor Doctísimo!

—Aunque —siguió el rastreador— nos ha explicado que, desde que Luke llegó al Distrito P.A.V.O.R., los tres os habéis esforzado por hacerle la vida imposible a los demás residentes.

—¿Cómo? —exclamó Cleo indignada.

—Infectasteis a los vecinos con energía vampírica —empezó a enumerar el rastreador—, dejasteis suelta una plaga de arañas, viajasteis sin permiso al Inframundo ¡e incluso construisteis un demonio con la calavera del Jinete Sin Cabeza!

—¡Hicimos todo eso para detener a Sir Otto! —se quejó Luke.

—¿A quién pensáis que voy a creer, al reputado casero de una comunidad de P.A.V.O.R. o a tres chicos a los que he pillado in fraganti eligiendo entre sus posibles víctimas a un colegial inocente? —gruñó Cazacríos.

Acto seguido, abrió la puerta nuevamente y dejó que entraran tres Hombres de la Mudanza vestidos con monos negros. Cada uno de ellos le esposó las manos a la espalda a uno de los chicos. Zeal Cazacríos se quitó las gafas de sol por primera vez y los contempló.

—Luke Watson, RH Negativo y Cleo Farr…
os condeno a ser enviados a diferentes comunidades de P.A.V.O.R. de por vida… Ya sea esta normal o anormal.

A Cleo se le llenaron los ojos de lágrimas mientras intentaba zafarse de las ataduras.

—¿Adónde nos llevas? —preguntó la momia con
la voz rota.

Cazacríos volvió a ponerse las gafas y sentenció:

—¡A cualquier comunidad excepto al Distrito
P.A.V.O.R.!

Capítulo Diez
La huida

Luke apoyó la cabeza en los fríos barrotes de la puerta de la celda y se quedó mirando cómo los Hombres de la Mudanza, vestidos con monos de diferentes colores, iban de un lado a otro transportando bolsas de cuerpos.

—Es culpa mía —se lamentó.

—Es culpa mía —repitió un trol que había en una esquina de la celda.

RH le lanzó una mirada reprobatoria al monstruo y se acercó a su amigo.

—¿Pero qué dices?

—Yo os involucré en la búsqueda de las reliquias. Si lo hubiera hecho solo, no estaríamos en esta situación.

—No estaríamos en esta situación —volvió a repetir el trol.

Cleo, que estaba sentada entre un espíritu aullador que dormitaba y una gárgola borracha (el mismo lugar en el que la habían dejado al traerla), miró fijamente al trol.

—¿Te importa? —le espetó—. ¡Se trata de una conversación privada! —Y se acercó a Luke—. Las cosas claras. Sin nuestra ayuda, aún estarías buscando la primera reliquia.

—¡Tiene razón! —soltó RH.

—Además —continuó la momia—, ¡a lo largo de estas semanas hemos vivido las mejores aventuras de toda nuestra existencia! ¡No nos lo hubiéramos perdido por nada del mundo!

—Qué pena que acabe así —se lamentó Luke tras dedicarles una vaga sonrisa.

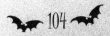

—Que acabe así —la voz del trol retumbó por toda la celda.

De repente, apareció Zeal Cazacríos y abrió la puerta de la celda de par en par. Dirigió a todos una rápida mirada y leyó en voz alta un papel que llevaba en la mano:

—¡Lan Musgoso!

Un hombrecillo con cabeza de avispa abandonó las sombras que cubrían uno de los rincones de la celda.

—¡No! —gorgoteó—. ¡Dejadme!

Un Hombre de la Mudanza entró en la celda, agarró al hombrecillo, lo sacó de la habitación y lo llevó a una plataforma de madera situada al final del pasillo.

—Lan Musgoso. Por el despreciable acto de invadir una guardería y usar a los bebés como bolos para tu diversión, ¡te sentencio a cadena perpetua en el Inframundo! —anunció Cazacríos.

El hombrecillo avispa empezó a gritar en el mismo momento en que el rastreador tiraba de una palanca. Bajo los pies de Lan Musgoso se abrió una trampilla y este cayó hacia la oscuridad que había debajo.

—Al menos nos queda el consuelo de que no nos han condenado al Inframundo —dijo Luke visiblemente asustado después de que se fuera Zeal—. ¡Tiene mala pinta esa trampilla!

—¡Tiene mala pinta esa trampilla!

Cleo ignoró al trol y observó cómo pasaba otro grupo de Hombres de la Mudanza con más bolsas de cuerpos, todas ellas llenas.

—¿Y eso?

—Así es como te obligan a mudarte a las comunidades de P.A.V.O.R. —explicó Luke mientras rememoraba la tarde en la que había visto cómo metían a sus padres en dos de esas bolsas y cerraban la cremallera—. Si no recuerdo mal, las de color morado son las que envían al Distrito P.A.V.O.R.

—Probablemente a cada uno nos asignarán un color —suspiró RH.

—Espero que no me metan en una verde —balbució Cleo mientras hacía esfuerzos por contener el llanto—. ¡Me sienta fatal!

Luke miró alternativamente a sus dos amigos con cara de pena.

—Lo siento tanto…

—Lo siento tanto… —insistió el trol.

Luke clavó sus ojos furibundos en el monstruo con el que compartían celda.

—Vale, ¿por qué demonios lo haces? —le inquirió, a punto de perder el control.

—¿Hacer el qué? —respondió el trol con voz potente.

—¡Repetir cada cosa que digo! —ladró Luke—. ¡Estoy harto!

—¡Estoy harto! —gimió el trol.

—¡Sigues haciéndolo! —dijo RH.

—Pues a mí me parece que lo que estás es triste —dijo el trol sin inmutarse mientras encogía sus enormes hombros—. Yo también quiero estar triste… pero no sé cómo.

—¿No sabes cómo estar triste? —le preguntó la momia.

—He oído que los trols carecen de emociones como nosotros. Que han de aprender a percibir los sentimientos —señaló RH.

—¿Por eso copias todo lo que digo? —le preguntó Luke—. ¿Tratas de averiguar cómo sentirte triste?

El trol asintió.

—¿Y por qué quieres estar triste?

—Han mandado a Lan, el hombrecito avispa, al Inframundo —resolvió rotundamente—, pero a mí me impiden ir allí. A mí me enviarán a otro lugar. Y él es mi amigo.

—¿Van a trasladarte a un lugar diferente al de tu amigo? Lo mismo van a hacer con nosotros —le informó Luke.

—Por eso repito lo que dices —le confirmó el trol lloriqueando—. Quiero ser capaz de sentirlo —y se giró hacia Cleo—. Tú me entiendes, ¿verdad? Tú tienes algo de trol.

—¿Perdona? ¡Yo no tengo nada de trol: soy una momia!

—Pues tienes un brazo de trol —afirmó el monstruo, y alargó la mano para acariciar torpemente la escayola.

—¡Ah! Esto está hecho con flor de loto —respondió entre risas—. ¿Cómo te llamas?

—Wompom.

—Wompom —continuó la momia, risueña—, creo que me has dado una idea.

—¡Te he dicho que dejes de repetir cada palabra que pronuncio! —rugió Luke.

Wompom se puso de pie y tuvo que agacharse para evitar golpearse la cabeza con el techo.

—¡Eh, ya está bien, niñato! ¡Yo digo lo que quiero! —bramó el monstruo.

—¡Te lo advierto, tengo tantos problemas que me da igual meterme en uno más! —gritó Luke mientras le asestaba un puñetazo en el pecho—.

¡Ya no me pueden castigar más! —Las demás criaturas empezaron a apartarse de la pelea en ciernes.

—¡No te metas conmigo! —gruñó Wompom—. ¡Soy capaz de aplastarte!

El trol cogió el banco (al tiempo que el espíritu aullador que lo utilizaba para dormir se escurría al suelo) e intentó golpear a Luke con él. El chico se agachó y el banco se hizo trizas contra los barrotes de la celda.

—Eso es —susurró RH—. Lo estáis haciendo genial. Seguid así.

Luke cogió un pedazo de madera y lo pasó por los barrotes de un lado a otro para hacer más evidente el alboroto.

—¡Vamos! —retó a su enemigo—. ¡Demuéstrame qué sabes hacer!

El Hombre de la Mudanza que estaba de guardia abrió la puerta y entró en la celda. Instantáneamente, Cleo salió de las sombras y le golpeó con la escayola en la nuca. El hombre sin cara cayó al suelo, inconsciente.

—Ya os dije que esto era como una piedra —bromeó la momia.

—Venga —soltó Luke mientras señalaba la puerta—, antes de que se den cuenta…

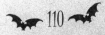

Wompom, sin previo aviso, le dio un fuerte manotazo en la espalda.

—Hoy me has enseñado un nuevo sentimiento: la confianza. —Y abandonó apresuradamente la celda para dirigirse hacia la trampilla que lo llevaría al Inframundo.

Cleo tiró de la palanca con fuerza. La portezuela crujió y se abrió bajo los pies del trol, que cayó pesadamente al vacío. Mientras se cerraba nuevamente, oyeron al trol gritar:

—¡Allá voy, hombrecito avispa!

—¡Vamos! —apremió Luke a sus dos amigos—. No hay tiempo que perder.

El trío se encaminó por el pasillo vacío y traspasó varias puertas. En cada una de ellas había un cartel: «Licencias de colmillos», «Hogares para gnomos», «Cámara de apariciones». En ninguna de ellas parecía que fueran a encontrar las bolsas para cuerpos que necesitaban.

Al doblar la esquina, se toparon con un rastreador vestido de cuero, que guiaba a un esqueleto esposado.

—Yuri Puntapino —anunció, y a la vez dirigió a los chicos una mirada de desconfianza—. Traslado a este fugitivo al calabozo.

—Trumpton Cuecehabas —Luke soltó lo primero que se le pasó por la cabeza—. Llevo a estos dos a identificar criminales.

—¿Por qué no llevas puesto el uniforme de rastreador?

—… La momia me ha lanzado un hechizo —respondió Luke tan convincentemente como pudo—. Ha hecho que mis músculos de metamorfo se queden encallados en esta forma de niño. En cuanto identifiquen a sus cómplices, ¡no habrá quien los libre del Inframundo!

—En la Cámara de apariciones deberían poder arreglar lo de tu transformación —le animó Yuri antes de marcharse con el esqueleto.

—Esto… el hechizo también debe haberme afectado a la memoria. ¿Dónde están las bolsas de cuerpos?

—Un poco más adelante. En la penúltima puerta de la derecha —gritó el rastreador sin darse siquiera la vuelta.

—¡Gracias! —le devolvió el chico. RH le miraba con cara de sorpresa—. ¿Qué? —soltó a la defensiva—. He conseguido que sepamos dónde encontrar las bolsas, ¿no?

—¡Por supuesto, Trumpton! —rio el vampiro.

Antes de que Luke pudiera responder, sonó la alarma.

—¡Daos prisa, tenemos que escondernos! ¡La alarma debe de ser por nosotros! —gritó.

Corrieron por el pasillo hasta dar con la puerta que rezaba «Salida de organismos». En la sala, bolsas de cuerpos de diferentes colores se apilaban hasta el techo.

—¡Ya sabemos qué hay que hacer! ¡Acordaos de que son las moradas! —les recordó Luke.

El chico lobo abrió la cremallera de una de las bolsas y encontró dentro una especie de serpiente amarilla con cabeza humana.

—¿Me llevas? —le susurró a la criatura inconsciente mientras se metía y cerraba la cremallera tras de sí.

Pocos segundos después, la puerta de la habitación se abría de golpe.

—¡Nada por aquí! —bramó una voz—. ¡Seguid buscando, no pueden haber ido muy lejos!

Luke se quedó muy quieto junto a su compañero de bolsa y deseó que RH y Cleo hubieran tenido tanta suerte como él.

—Subid estos cuerpos a los camiones —ordenó otra voz.

Luke sintió cómo alguien levantaba su bolsa y se lo llevaba de allí. La alarma dejó de sonar.

Lo último que oyó fue el griterío de enfado de Zeal Cazacríos que resonaba por el pasillo.

—¡Te encontraré, Luke Watson! ¡Te encontraré dondequiera que estés!

Capítulo Once
La decisión

Luke esperó hasta asegurarse de que el último Hombre de la Mudanza había abandonado la casa. A continuación, abrió la cremallera y sacó la cabeza de la bolsa. La criatura con forma de serpiente permanecía inconsciente. El plan había surtido efecto: ¡los habían traído al Distrito P.A.V.O.R. junto con los nuevos vecinos!

—Gracias por el viaje —le dijo a su acompañante mientras abandonaba la bolsa. RH y Cleo aparecieron desde otras habitaciones.

—¡Lo hemos conseguido!

—Claro —sonrió RH—. Y, por lo que veo, en tu viaje has soltado sapos y culebras.

Luke sonrió y los azuzó:

—Venga, tenemos que ver al profesor Doctísimo.

Se dirigieron corriendo al número 22 del distrito, pero se detuvieron en seco en cuanto vieron a Nilo Farr camino de la plaza central con dos figuras inertes bajo los brazos. Se aproximaron y comprobaron que dejaba con cuidado en el suelo a Samuel Doctísimo y a Otto Sorna. Este último, desvanecido.

—¡Papá, ¿qué sucede?!

—Cuánto habéis tardado —respondió—. El señor Doctísimo estaba muy preocupado.

El escritor se encontraba muy pálido y parecía extremadamente débil. Tosió e intentó incorporarse, pero fue incapaz.

—Pasó tanto tiempo que… —resolló y se secó el sudor de la frente con la mano vendada—, supuse que pasaba algo malo. Fui a buscaros y descubrí

116

a Sir Otto con esto… —abrió la chaqueta y les mostró un ataúd dorado con jeroglíficos.

—¡Las reliquias! —exclamó Cleo—. ¡Sorna las había encontrado!

—Estaba seguro de que rebuscaría en mi casa en cuanto los de P.A.V.O.R. le advirtieran del lugar en que nos encontraron —dijo Luke—. Pretendería llevárselas hasta hallar la manera de restablecer el colmillo del vampiro a su forma original.

—¡Y mi padre lo ha dejado K.O.! —se enorgulleció Cleo.

—Ha sido un placer —respondió con una leve reverencia.

—¡Ahí están! —exclamó una voz al otro lado de la plaza. Luke se dio la vuelta y vio que sus padres se acercaban corriendo. Los padres de RH los seguían de cerca.

—¿Dónde has estado? —le preguntó su madre mientras lo abrazaba.

—No me creerías… —sonrió Luke—. ¡Pensaba que jamás volvería a veros!

—Estás diferente —comentó Antón Negativo a su hijo.

—Es que voy de incógnito —respondió RH—. Espera. —Echó mano a la capa y sacó los colmillos

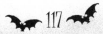

falsos—. ¡Eh, la capa vuelve a funcionar! —soltó antes de encajarse los dientes.

En ese momento se abrió la puerta del Emporio Siemprebién y apareció Venus.

—¡Han regresado! —anunció a Tress Wunder, que salió rauda detrás de ella.

—Y están bien —barbotó Doctísimo antes de que le diera otro ataque de tos. Mientras buscaba a tientas un pañuelo en el bolsillo de la chaqueta, se le cayó al suelo un pedazo de papel. La señora Watson lo recogió.

—No hay que preocuparse por nosotros, sino por usted —dijo Luke, que se arrodilló junto al frágil anciano—. RH, ¿recuerdas el hechizo?

—«Atar al raedor y rodear la rata» —enunció el vampiro mientras se arrodillaba a su lado.

—Genial —buscó en el bolsillo del pantalón—. Ahora solamente necesitamos un bolígrafo y... —Se quedó helado—. El libro de M.T. Tumbas... ¡ha desaparecido!

—¡No puede ser! —dijo Cleo, y se puso a buscar frenéticamente en los bolsillos de su amigo—. ¡Lo necesitamos!

—Se me ha debido de caer al salir de la bolsa —reflexionó Luke en voz alta.

—¡O cuando fingías que peleabas con Wompom! —gruñó RH—. ¡Podría estar en cualquier parte!

—¡Aún deben de quedar libros de Cumbres del Terror en tu habitación! —gritó Cleo mientras se ponía en pie como una exhalación—. ¡Voy a por uno!

—No queda tiempo —afirmó Samuel Doctísimo mientras sacudía la cabeza lentamente—. Me temo que es el fin.

—¡Esto no puede terminar así! ¡Hemos vuelto para salvarle! —gritó Luke con desesperación.

—Y lo habéis hecho —le aseguró el autor con una sonrisa cálida—. Habéis hecho que mi trabajo diera frutos y le sirviera a alguien a quien aprecio mucho. Ha sido un verdadero placer conocerte, Luke Watson…

El profesor Doctísimo exhaló un último aliento y cerró los ojos.

Luke empezó a llorar.

—¡No es justo! —gritó—. ¡Solamente necesitábamos uno de sus libros!

—Prueba con este —le ofreció una voz a sus espaldas, y un pesado libro con la cubierta dorada cayó a su lado: *Guía de P.A.V.O.R.* El chico miró hacia arriba y vio que Zeal Cazacríos estaba junto a él—. Te advertí que te encontraría.

119

—¿Qué vas a hacer? —le preguntó Luke, temeroso.

—Voy a ver cómo salvas a Samuel Doctísimo.

Luke decidió confiar en el rastreador y buscó en la chaqueta del profesor algo con lo que escribir. Allí encontró un lápiz.

—Necesito un pedazo de papel.

—Toma —su madre le tendió el papel que se le había caído a Doctísimo.

Luke apoyó la hoja con cuidado en el pecho del escritor y trancribió el hechizo:

—Atar… al… raedor… y rodear… la… rata.

Pasaron unos segundos sin que sucediese nada pero, entonces, una esfera de luz plateada resplandeciente salió de la boca del profesor y flotó en el aire unos instantes antes de meterse en las páginas de la *Guía de P.A.V.O.R.* El libro tembló ligeramente y, poco a poco, empezó a vislumbrarse una cara en la cubierta dorada.

Luke, RH, Cleo y todos los demás contuvieron el aliento. ¿Habría funcionado realmente el hechizo? Doctísimo abrió los ojos poco a poco y miró a su alrededor.

—Parece que he engordado un poco —comentó.

—¡Sí! —exclamó Luke al tiempo que abrazaba a Cleo y chocaba los cinco con RH. Todos los presentes lanzaron vítores—. ¡Lo hemos conseguido!

—¡Es fascinante! —aseguró la señora Watson, que le quitó de las manos el lápiz y el papel a su hijo para impedir que le sacara un ojo a alguien.

El cuerpo de Samuel Doctísimo se estremeció, emitió un suave siseo y se convirtió en cenizas.

—¡Justo a tiempo! —dijo el vampiro—. Pero ¿qué vamos a hacer con esto? —añadió señalando

las cenizas. El viento amenazaba con diseminarlas por todos lados.

—¡Tengo la solución! —respondió Tress, que agarró una de las cajas de plata para plumas e introdujo las cenizas de Samuel en ella—. ¡Listo!

Luke cogió el manual, lo apretó con fuerza contra su pecho y le soltó a Cazacríos:

—Imagino que ahora querrás que cumplamos con tu veredicto.

—Un momento —interrumpió el señor Watson antes de que Zeal respondiera—. He asistido a fenómenos inexplicables desde que vivo en este lugar (sobre todo en estos últimos minutos), pero lo que tengo claro es que nadie se va a llevar a mi hijo. ¡No ha hecho nada malo!

—En realidad, sí, papá —admitió Luke—. He estado recopilando una serie de reliquias que dejaron escondidas los fundadores del Distrito P.A.V.O.R. para conseguir sacaros de aquí a mamá y a ti; pero se me ha ido un poco de las manos y he intentado asustar a un chico inocente bajo mi apariencia de lobo. El señor Cazacríos ha hecho lo que debía deteniéndome.

—¿Has estado buscando la manera de volver a casa? —le interrogó su madre.

—Y casi lo consigo —respondió Luke mientras asentía con la cabeza—. Estuvimos a punto.

—De hecho, hemos fallado por pocos minutos —precisó RH, que se situó junto a su amigo.

—Hemos encontrado las seis reliquias y ¿de qué ha servido? —concluyó Cleo, que se colocó al lado de ambos chicos—. Lo siento, Luke.

—¿Son estas las famosas reliquias? —preguntó Zeal Cazacríos tras acuclillarse para examinar los objetos guardados en el ataúd dorado.

—Así es —respondió Samuel Doctísimo desde su nuevo hogar con una amplia sonrisa—. La garra de un hombre lobo, sangre de bruja, el corazón de una momia, carne de zombi, la calavera de un esqueleto y… —se quedó callado, buscando por el suelo—. Debería haber un colmillo de vampiro, pero… no está.

—Sí que está —le corrigió Luke mientras señalaba las gafas—, pero necesita un poco de magia.

—¡Pensar que hicisteis todo esto para ayudarnos! —dijo orgullosa la señora Watson.

—¿Qué va a suceder, señor Cazacríos? —preguntó Antón Negativo.

—¿Se va a llevar a nuestros hijos lejos de su hogar? —inquirió Nilo Farr.

—P.A.V.O.R. ha ordenado que los traslade a otras comunidades —confirmó el rastreador—. Sin embargo, no podré hacerlo… si no doy con ellos.

—¿Quieres decir que podemos quedarnos en el Distrito P.A.V.O.R.? —exclamó Cleo.

—Ni os he visto a vosotros ni he visto las reliquias —afirmó Cazacríos y esbozó una sonrisa cómplice—. Así que no puedo hacer nada. —Y se echó sobre los hombros a Sir Otto, aún desvanecido—. Ahora bien, vuestro casero y yo tenemos mucho de que hablar —y se encaminó hacia la Mansión Sorna.

— Venus… —pidió Luke—, ¿podrías devolverle su auténtica forma a las gafas?

—Deja que lo haga yo —pidió Tress Wunder, que avanzó hasta el ataúd—. Me encuentro mucho mejor y es lo menos que puedo hacer después de todos los problemas que he ocasionado.

 124

A continuación, agitó la mano por encima de las gafas y quedaron envueltas por un resplandor anaranjado… ¡antes de convertirse nuevamente en el colmillo del vampiro!

El portal volvió a abrirse inmediatamente y entre los adultos se oyó un murmullo de sorpresa. El mundo de Luke titilaba, lleno de vida, al otro lado de la luz iridiscente que rodeaba la entrada. El señor Watson se acercó con cautela para observar más de cerca la abertura.

—¿Qué es eso? —preguntó.

Luke sonrió y le ofreció *Guía de P.A.V.O.R.* a RH.

—Nuestra antigua calle —dijo—. El portal se ha abierto justo enfrente de casa.

La madre de Luke también se aproximó y observó a través de las luces de colores.

—¿Quieres decir que es…?

—… Un portal para salir del Distrito P.A.V.O.R. ¡Y no pienso esperar a que algo salga mal esta vez! —Luke miró a RH y a Cleo—. Gracias por todo. —Y se abrazaron.

—No voy a llorar —musitó la momia—. No pienso llorar.

—¡Tú misma! —atajó el vampiro mientras las lágrimas le corrían por las mejillas—. Yo ahora me

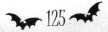

alegro de que Luke me haya obligado a que me quite el maquillaje.

Luke se apartó de sus amigos y echó una última ojeada al Distrito P.A.V.O.R.

—Venga —les dijo a sus padres—, volvamos a casa —y se dirigió hacia el portal iridiscente.

—¡Quieto! —exclamó la señora Watson.

—¿Cómo? —preguntó su hijo.

—Ya estamos en casa —le respondió—. Fíjate: tienes amigos, ayudas a la gente… ¡Eres feliz! Eso es un hogar.

—¡Pero aquí vivís aterrados! —insistió Luke.

—Empezamos a acostumbrarnos. Aunque poco a poco —confesó su padre—. Además, me da escalofríos solo pensar en mi antiguo trabajo. ¡Estar todo el santo día trabajando no es vida! Aquí paso mucho más tiempo con vosotros. —Y le guiñó el ojo a Antón Negativo—: Aunque los vecinos sean un poco raros.

El vampiro sonrió y enseñó los colmillos y el señor Watson se apartó en broma. Al hacerlo, tropezó con su esposa y a esta se le cayó un papel de las manos.

—¿Qué es esto? —preguntó Luke mientras lo recogía del suelo y lo leía.

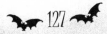

—Pues el recorte en el que acabas de escribir el hechizo —dijo RH—. Se le cayó al profesor Doctísimo de la chaqueta. ¿Es que se te ha congelado el cerebro?

—No me refiero a eso… sino al titular.

Cleo miró por encima del hombro de su amigo y leyó el papel en voz alta:

—«La boda de Arran Docto…» —se detuvo—. ¿Arran Docto?

—Mi hijo —explicó Samuel Doctísimo—. Ya os dije que se había quitado unas letras del apellido para proteger a su familia de los rastreadores de P.A.V.O.R. Convirtió «Doctísimo» en «Docto».

—El apellido de soltera de mi madre era «Docto»… —afirmó Luke, que abrió los ojos de par en par y se quedó mirando al autor de la cara dorada—. ¿No querrá decir que…?

Samuel Doctísimo asintió:

—Ahora que habéis decidido quedaros, puedo desvelar el secreto. Luke, somos familia. Para ser precisos, eres mi tátara-tátara-tátara-tátara-tataranieto.

Cleo se quedó boquiabierta.

—¡Leches! —dijo RH con una sonrisa.

A Luke se le hizo un nudo en la garganta. Los pensamientos sobre su antigua vida empezaron a evaporarse como si formaran parte de un sueño. Su familia provenía del Distrito P.A.V.O.R. ¡Aquella era su casa! Sonrió a sus padres y les preguntó:

—¿Estáis bien?

—¡Mejor que bien! —comentó su madre—. ¿Quién me iba a decir a mí que contaba con un escritor famoso en la familia?

—¡Esto hay que celebrarlo! —dijo su padre—. ¡Venga, todos al número 13!

Luke tomó de las manos de Tress Wunder la caja plateada que contenía las cenizas de Samuel Doctísimo y se dirigió a RH y a Cleo:

—Sí, venga, vamos a casa.

Capítulo Doce
El problema

Steven Black se apresuró por el parque para llegar al colegio. Le aterraba cada ruido, cada sombra. Estaba seguro de haber descubierto a Luke Watson observándole entre los arbustos la noche anterior; pero no había vuelto a verlo.

Se obligó a dejar de pensar en el asunto justo cuando llegaba al paso de cebra que había frente al supermercado y decidió atajar por la calle en la que habían vivido Luke y su familia. Los Watson habían desaparecido al poco de que el hombre lobo lo…

—¡Ya vale! —se ordenó a sí mismo en alto—. ¡No fue real! ¡Aquello no sucedió! Tal y como me ha dicho el psicólogo… fue una pesadilla. —Pero tenía la boca seca.

Al llegar junto a la antigua casa de Luke, advirtió que a unos cuantos pasos de ella resplandecía

una luz titilante. Se acercó y comprobó que parecía un portal iridiscente que flotaba sobre la acera. A través de él veía una serie de casas altas y desvencijadas y algo así como una tienda en medio de una plaza.

El abusón se olvidó por completo del colegio y decidió atravesar el portal…

Índice

Tommy Donbavand nació y se crio en Liverpool y ha desempeñado numerosos oficios, entre ellos los de payaso, actor, productor teatral, animador infantil, profesor de teatro, cuentacuentos y escritor. Gracias a sus libros de no ficción para niños y adultos, se ha convertido en un tertuliano habitual en emisoras de radio de todo el Reino Unido. También escribe para revistas especializadas.

Para Tommy, su nueva serie de humor y de miedo es el resultado de lo que habría sucedido si Stephen King hubiese sido el autor de *Scooby Doo*. «Escribir *Distrito P.A.V.O.R.* es una diversión monstruosa. Si no me ando con ojo, paso más miedo de la cuenta». Tommy vive en Northumberland con su familia y, según cuenta, el tiempo que dedica a dormir es tiempo que pierde para escribir.

Si quieres saber más sobre Tommy y sus libros, visita su página web: www.tommydonbavand.com